講談社文庫

クジャクを愛した容疑者

警視庁いきもの係

大倉崇裕

JN177774

講談社

目次

ピラニアを愛した容疑者

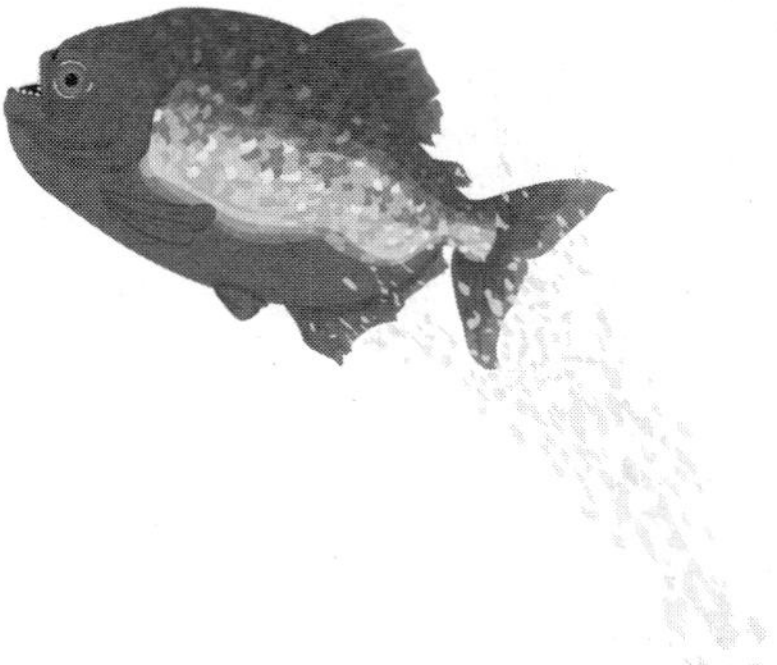

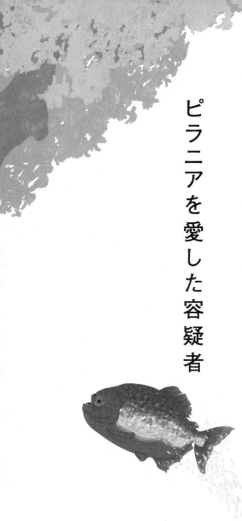

一

灰色の空から落ち始めた雨滴は、歩き始めて五分もたたぬうちに本降りとなった。日比谷《ひびや》公園のそこここで、傘が開く。夜明け直後の午前六時過ぎ、空はまだ晴れ渡っていた。それがあっという間に、この有り様だ。入梅を控えたこの時期、天気は気まぐれだった。

警視庁総務部総務課、動植物管理係所属の須藤友三《すどうともぞう》警部補は、傘をささない主義だった。刑事になりたてのころ、傘は捜査の邪魔だと叩《たた》きこまれた。

『傘は目印になる。どうしても傘を持ちたければ、毎日、違う傘を使え』

それ以来、須藤は傘を持たず、逆に容疑者を追う場合は傘に着目するようにした。傘を毎回替える者は希《まれ》だ。壊れたりなくしたりするまで、同じものを使い続ける。つまり、人物特定の目印になり得るのだ。

もうそんなこと、気にしなくてもいいのだがな。

心の裡《うち》でつぶやきながら、木立の向こうにそびえる警視庁庁舎を見上げた。

レインコートの襟《えり》をたて、足を速める。総務課ではいまごろ、田丸弘子《たまるひろこ》がタオルを手に待ち構えていることだろう。親切とおせっかいの丁度真ん中……。手渡されたタオルを手に、どんな表情をすべきなのか、須藤はいまだ、判断がつかなかった。

警視庁側に出る門が見えてきたところで、須藤は思わず足を止めた。自分と同じく、雨の中、傘もささず、静かに立つ男の姿を認めたからだ。コートの襟に顎《あご》を埋め、帽子を目深《まぶか》にかぶっているため、表情をうかがうことはできない。灰色の空から降る灰色の雨に、男は同化していた。色とりどりの傘が踊る中、男の周りだけ、色彩が失われている。

須藤は男に近づいた。

「鬼頭《きとう》管理官……」

帽子の鍔《つば》の下から、鋭く細い目がわずかにのぞいた。

「五反田《ごたんだ》の件、ご苦労だった。危うく、犯人を取り逃がすところだった」

「所轄からは、抗議がきたのではないですか？　面子《メンツ》を潰《つぶ》すようなことになりましたから」

「君が心配することではない。それより用件だ。総務部総務課に、一名、人員を補充することにした」

上官の言葉は、一度で聞き取り理解する。須藤のモットーだった。ただし、ごくたまに、対応できないときがある。今がまさにそのときだった。

「は？」

「薄圭子《うすきけいこ》と同様に、動植物の専門家をもう一人、採用する。今後は三人体制で動くのだ。それから、人員の補充と共に、専用の車も支給する。君は免許を持っているな」

「持っておりましたが、医師より運転を止められました。よって免許は、昨年、返納しております」

「薄巡査は？」

「保有してはおりますが……」

「何だ？」

「都会の運転は不向きなようであります。大平原や沼地、ジャングルなどの運転では、的確な判断ができるようですが」

「なるほど。では、新規採用者を運転者としよう。君たちの移動は、今後、専用車を使用するように」

「はい」

ありがたい申し出だった。庁舎から現場まで、いつもタクシーを使っている。その経費だけでも、バカにならず、何割かは須藤が自腹を切っていた。

鬼頭はこちらに背を向けると、低い声で言った。

「用件は以上だ。採用者の決定権は君に一任する。候補者は既に五人にしぼりこんである。リストは君宛《あて》に送っておいた」

「私にですか？」

「君以外に、適任者がいるのかね？」

「いえ」

「ただし、リストはあくまで形式的なものだ。もし君がこれぞと思う人材を把握しているのなら、そちらを優先させて構わない」

「いや、管理官、いきなりそのように言われましても……」

「頼んだぞ」

鬼頭は日比谷公園の中に向かって歩いていった。少し丸まった背中は、すぐに傘と雨の向こうに消えてしまった。

予期せぬ立ち話のせいで、すっかり濡《ぬ》れ鼠《ねずみ》になってしまった。流れ落ちる雨水が、首回りからジリジリと浸入してくる。

人員補充……。悪い気はしなかった。人が増えるということは、須藤たちの仕事がそれなりに評価されたことの証《あかし》でもある。候補者も、鬼頭の見立てであるのだから、皆、優秀な者たちばかりだろう。

にもかかわらず、喜びより不安を覚えてしまうのは、なぜか。

答えは一つだ。新しいメンバーということはつまり、あの薄圭子に同僚ができるということだ。

それに耐えられる人材が、果たしているのだろうか。


デスクにつくと、須藤はすぐにパソコンを起動させる。弘子から押しつけられたタオルを頭の上に載せ、形ばかり拭《ふ》いてみせる。その最中も、給湯室からは彼女のぼやきが、香ばしいほうじ茶の香りとともにもれてくる。

「まったくもう、こんな降りの中で、傘をささないなんて、どうかしてますよ。そりゃ、もう寒くはないですけど、風邪でもひいたらどうするんです。須藤さんは、普通の身体《からだ》じゃないんですから。頭の傷にもさわるじゃありませんか」

下手に謝ったりすると、やぶ蛇になる。須藤は「はぁ、うん」と聞こえない程度の返事を繰り返していた。

鬼頭から候補者のリストがメールで届く。

候補者五人は、どういう基準で選ばれたのだろうか。鬼頭の眼鏡《めがね》にかなうわけだから、相当に優秀な者たちなのだろう。対して、自分は一介の警察官だ。どういう選考で彼らを最後の一人に絞りこめばいいのか。

また一つ、悩みが増えた。

腕を組む須藤の脇《わき》に弘子が立ち、ほうじ茶の入った湯呑《ゆの》みをふわりと置いた。

「コートと上着は、帰るまでに乾くと思います。午後から雨は上がるようですけど……」

ドアがノックされる。須藤と弘子は目を合わせた。

入ってきたのは、捜査一課の石松《いしまつ》警部補である。いつものように、薄いファイルを脇にはさみ、しかめっ面をして室内をぐるりと見回す。

「ふん、元気そうだな」

「そっちは機嫌が悪そうだ」

「いや。ただ、ここに人員が補充されると聞き及んでな」

弘子が黄色い声を上げ、ぴょんと飛び上がった。

「あら素敵だわ」

石松は四角い顔をさらに四角くして、苦々しげに言った。

「弘子さん、警察はいま、どこも人手不足だ。捜査一課だって、ギリギリの人員で何とかやりくりをしているんです。そんな中で、失礼ながら、このような部署に優先的に人員が……」

「あら、一課で手に負えない事件を、ここが何件も解決している事実をお忘れですか」

弘子にぴしゃりと言われ、石松はますます仏頂面《ぶっちょうづら》になる。

「まあまあ、二人とも、そう熱くならずに」

須藤が間に入る。

「石松、おまえの気持ちも判らなくはないが、これは単純な補充ではないと思う」

「どういうことだ？」

「鬼頭管理官のことだ、一手先、二手先を見据《みす》えているのさ。管理官は総務部総務課の引継ぎを考えているのだろう。俺は原因不明の頭痛で入院したし、薄には全国各地から専門職のオファーがきている。いつまでここを続けられるか、判らない。手遅れにならないうちに、後継者を育てる。管理官の考えそうなことだと思わないか」

石松と弘子の勢いが、一気にしぼんでしまった。特に弘子は肩をがっくりと落とし、うっすらと涙さえ浮かべている。

はっきりと言い過ぎたかもしれない。後悔が胸を過《よぎ》ったが、いずれ言わねばならないことだ。

気を取り直し、石松に目を戻す。四角い顔の男は、給湯室に戻っていく弘子を目で追いつつ、何の感情も見せることなく、脇の下のファイルをデスクに置いた。

「とにかく、仕事だ」

須藤も無言でそれを開く。そして、息を呑んだ。

「これは……」

「おまえ、江東区《こうとう》中央公園のピラニア騒動って聞いたことないか？」

「ワイドショーか何かで見たな。子供もよく来る公園の池に、ピラニアが放されていた事件だろう？」

「ああ。二週間前のことだ。幸い、偶然公園に来ていたペットショップのオーナーが見つけてな、全部、回収し、事なきを得た」

「ピラニアといえば、凶暴な肉食魚だろう。そんな魚を、子供たちのいる公園に放すなんて。イタズラにしては度が過ぎる」

「その通り。かなり悪質な事案であるから、所轄も捜査を始めている」

「もしかして、今回の仕事はその捜査の手伝いか？　それとも、回収したピラニアの世話か？」

石松は額に皺《しわ》を作ったまま、首を振る。

「話はそう単純じゃない。ピラニア騒動の件は、いま、まったく別の展開をみせている」

「というと？」

「江東区中央公園周辺は、マンションの建設ラッシュでな。今では、四方をマンションに囲まれているといってもいいくらいだ。その結果、最近、区役所などに公園で遊ぶ子供の声がうるさいとの苦情が届くようになった」

「またか。この手の揉《も》め事《ごと》は、日本中で起きているな」

「だが、苦情がきたからといって、区民憩いの場である公園を潰すわけにもいかない。区は周辺住民と話し合いをしつつ、公園については従来通り、皆に開放していた。実際にやったことと言えば、池の傍《そば》に防犯カメラを一つ、つけたことくらいだ」

「いずれにせよ、マスコミ好みの話題だな」

「ああ。まさにお祭り騒ぎさ。だが所轄の捜査は思わしくない。しかも……」

石松はため息を一つつく。何となくだが、この後の展開が読めてきた。

「……何か起きたんだな。イタズラでは済まないような大事が」

「ああ。昨日の朝、公園近くにあるマンションの一室で、男の遺体が発見された。扼《やく》殺《さつ》だ」

「おい、それってまさか……」

「そのまさかだ。被害者はピラニアを飼っていた。詳しいことは判らないが、水槽がいくつもあって、大きいのから小さいのまで、かなりの数、いるらしい。現場の手には負えないってことで、連絡がきた」

「この件、マスコミには？」

「ピラニアの件は、まだもれていない。だが、時間の問題だな。とにかく早く片づける必要がある事件だ」

「言いたくはないが、それはそちらの事情だろう。俺たちのやることはピラニアの世話だ。事件の解決とは関係ない」

石松は下唇をかみしめる。

「この事件の担当は誰だと思う？」

「さあな。ここまでの話を聞く限り、おまえではないようだ。あの女警部補殿でもないだろうし……もしかして、日塔《にっとう》か？」

石松がうなずいた。

「知っての通り、ヤツと俺は相性が悪い」

「おっと。この須藤様も相性の悪さにかけては負けていなかったぞ」

「おまえとの因縁も聞いている。この部署に来てからも、一度ならず揉めているそうじゃないか」

「フクロウのときだな。ぶん投げてやった」

「とにかく、仕切っているのは日塔だ。俺のところに情報は流れてこない」

「ますますおかしな話だ。日塔が担当なら、何があろうと俺たちは呼ばないだろう」

「それがどうしたわけか、大急ぎで連れてこいとわめいている。日塔は気にくわないヤツだが、それと事件とは別だ。解決に少しでも近づくのなら、どんなことでもやるべきだろう」

「判った、判ったよ。とりあえず、薄を連れて現場に行くとしよう」

須藤は立ち上がり、まだ湿ったままの上着とコートを取る。給湯室からは、どこか不安げな弘子の顔がのぞいた。須藤は手にしたままだった、タオルを投げる。弘子は軽やかな手つきで、それを受け取った。

「ゆっくりもできなくなりました。タオル、またお願いしますよ」

「はいはい」

そういう弘子の顔つきは、どこか晴れやかである。須藤が仕事に出ていくとき、彼女はいつも、そんな顔をする。

「じゃあ」

須藤は廊下に出る。すぐに携帯をだし薄圭子にかけた。応答はない。留守番サービスに転送もされず、ただ虚しく呼びだし音が鳴っている。エレベーターで一階に下り、有楽町《ゆうらくちょう》線桜田門《さくらだもん》駅を目指す。もう一度、薄にかけたが、結果は同じだった。仕方なく、警察博物館の受付にかけた。ワンコールで、柔らかな女性の声が聞こえた。須藤は名前と所属を言って、薄の部屋へ繋《つな》ぐよう言った。ところが、相手の女性は何やら怯《おび》えた声をだし、さっぱり要領を得ない。

「いや、直通電話がないのは判っている。誰か、彼女の部屋へ行って、俺からのメッセージを伝えて欲しいんだ」

「それが、ちょっと……」

「何がちょっとだ。それしきのことができないのか？」

「いま、彼女の部屋には近づくなと言われておりまして」

それだけ聞けば、状況は何となく理解できた。携帯を切った須藤は憤然とした面持ちで、電車に乗りこむ。目の前にいた若い男女がヒャッと叫んで、隣の車両へと移っていった。

二

警察博物館に入ると、受付カウンターの女性が、申し訳なさそうに頭を下げた。

「できるだけのことはしたかったのですが、私も命が惜しいものですから」

「かまわんよ。あいつの相手をしていると、命がいくつあっても足らん」

「あのぅ、やっぱり行かれるのですか?」

「仕方ないだろう。仕事なんだから」

直通エレベーターで上がり、廊下に出る。じっと耳をすます。不審な物音はしない。次に臭《にお》いだ。いつになく、爽《さわ》やかな空気だった。とはいえ、油断はできない。いや、気配のないときこそ、注意すべきなのだ。

須藤はゆっくりと廊下を進む。六階は薄の部屋以外は会議室になっているが、使用されることは滅多になく、薄がワンフロアを借り切っている状態であった。

ドアの前に、「薄圭子」とマジックで書かれた札が下がる。須藤は拳《こぶし》でドアを叩いた。

「おい、薄！」

「きゃっ！」

中から悲鳴が響く。

「おい、どうした？」

「須藤さんですか？　ちょっと待って下さい。おーい、サソリンガ、出ておいでぇ」

須藤はドアの前から慌《あわ》てて離れる。なるほど、受付の女性たちが怖がるのも無理はない。

「おい、薄、まさか、そこにいるのは、サソリか？」

「そうでーす。よく判りましたね」

「判りやすいネーミングだったからな」

「おーい、サソリガドラスにアンタレス。どこだーい」

「待て、薄、もしかして、サソリは複数いるのか？」

「はい」

「出ておいでとかどこだーいとか言っているところをみると、奴らは行方不明なのか？」

「容器に移していたら、須藤さんがドアを叩くものですから、びっくりして逃げちゃったんです。でもこの部屋からは出ていませんから」

「当たり前だ！　早く見つけろ」

「そう簡単に言わないで下さいよぉ。あ、いたいた。まずはアンタレスと」

「薄、重要な局面で申し訳ないんだが、急いでくれないか」

「これでも急いでますよぉ。まあ、刺されてもそれほどの毒はないですから、死ぬようなことはないんですけど……あ、いた！　サソリンガ！」

「あとは、サソリトカゲスだけか」

「サソリガドラス」

「どっちでもいい！　早くしろ」

「はーい、はい」

切迫感のない返事に苛立《いらだ》ちながらも、須藤はドアと床の隙間《すきま》から目が離せない。今にもそこから、あの猛毒生物が猛スピードで這《は》い出てくるのではないか。

「捕まえた！」

薄の声がした。

「でかした薄、入るぞ」

「入ってもいいですけど、気をつけて下さいよぉ。瓶《びん》を割ったら、もう大変」

ドアを開け、中に入る。思わず呼吸が止まった。部屋の真ん中には、会議用の折り畳みテーブルが二つあり、その上に、二十リットルサイズの広口瓶が三つ、でんと置かれていた。問題はその中身だ。三つの瓶には、数センチ大のサソリが無数に入っていた。瓶の底でうじゃうじゃと折り重なり、尻尾《しっぽ》やハサミを振り立てている。

「な、なんだ、これは!?」

「サソリです。須藤さん、見たことないんですか？」

「あるよ！　……いや、実際に見るのは初めてか。言われてみれば日本でサソリなんか……そんなことはどうでもいい。これはいったいどうしたことだ!?」

薄は指で両耳を塞《ふさ》ぎながら、顔を顰《しか》める。

「そんな大声ださないで下さいよぉ。これも警察の押収品なんですから」

「何だと？　この間、大量のカブトムシを預かったばかりじゃないか」

「クワガタです」

「どっちでもいい！　しかし、サソリだぞ。猛毒だぞ。それもこんなにたくさん」

「さっきも言いましたけど、このサソリの毒では死にません。サソリは世界に六百種類以上いて、人を殺すような猛毒をもった個体はごくわずか……」

「死ぬ、死なないの問題じゃない。この場に、大量のサソリがいることが問題なんだ」

「晴海《はるみ》通りでエンコした車のトランクにあったんだそうです。最初は、テーブルの下にある衣装ケースに全部、入っていたんです」

薄の言う通り、衣装ケースが一つ、無造作においてある。中にはサソリの死骸《しがい》やら、ちぎれた手足と思《おぼ》しきものが残っている。

「その車の運転手は、サソリのことをどう説明したんだ？」

「日本人の方ではなかったようです。食用のため、持ってきたんだとか。どうやって持ちこんだのかは判りません。その辺は、いま、調べていると思いますよ」

「食用？　こいつを食うのか？」

「あれ？　須藤さん、サソリ食べたことないんですか？　美味《おい》しいですよぉ。素揚《すあ》げにして、串《くし》に刺して、頭からかじるんです。エビのような、カニのような、うま味がジュワーッときて、香ばしくて……」

「もういい」

「虫ってけっこういけますよ。バッタでしょう、コオロギでしょう、タガメ、ゲンゴロウ」

「止めろ。胸が悪くなる。とにかく、どうするんだ、このサソリ」

「一応、証拠品ですから、所轄の人が取りにくると思います」

「思います？」

「もしいらないなら、私、食べちゃいますけど」

「証拠品を食うな！　まあ、とりあえず、処理は所轄に任せよう。こっちは仕事だ」

薄は目を輝かせ、須藤が差しだしたファイルをひったくる。

「張り切るのはいいが、今度は難敵だぞ」

「目薬ですか？」

「何滴じゃない、難敵。難しい相手だということだ。何と言っても、アマゾンの肉食魚だからな」

「うわぁ、ピラニア！」

「装備の選択はおまえに任せる。とにかく、安全第一でだな……」

「特別な装備はいらないと思いますよ。相手は熱帯魚ですから」

「熱帯魚といっても、ただの魚とは違う。人食いだぞ」

「ピラニアは肉食の魚というだけで、人食いではありません。ああ、須藤さん、また映画とかの影響を受けてますね。大丈夫です。このサソリと同じで、滅多なことで人を襲ったりしませんから」

「そ、そうなのか？」

「一応、それなりの装備は持っていきますけど、大げさに考えない方がいいですよ」

「しかし、下手に近づくと、水槽から飛びだして嚙《か》みつかれるなんてこと……」

「だから、それがイメージなんですってば。ピラニアはもともと臆病《おくびょう》な性質で、死んだ魚や動物の肉を食べているんです。人に襲いかかるなんてこと、滅多にありません」

「おまえ今、滅多にと言ったな。たまにはあるということか？」

「ええ。アマゾンに行けば、まあ、まったくないとは言い切れません」

「そらみろ」

「心配しすぎです。第一、ピラニアっておいしいんですよぉ。積極的に食べる人はあまりいませんけど。日本人の舌には、合うと思うんです」

「将来、ピラニア料理の専門店でも開くんだな」

「ピラニアだけじゃもったいないですよぉ。アマゾン料理！　シェフのお任せなんて、ワクワクしちゃう」

「おい、いつの間にか、ピラニアを食う話になっているぞ」

「須藤さんが言い始めたんですよ」

「俺が言ったのは、ピラニアが人を食う話だ。とにかく、今回の現場は急を要する。すぐ準備してくれ」

「はーい」

　いつものように、廊下に出て待つ。五分後、ドアが開き、両手に紙袋を持った薄が出てきた。

「さあ、行きましょう。現場はどこなんですか？」

「住所は江東区富岡《とみおか》三丁目となっている」

「それなら、わりと近くですね」

「ああ。タクシーで行こう」

　顔色のさえない受付の女性たちに送られ、須藤たちは表に出る。タクシーを止め、乗りこんだ。

　初老のドライバーはミラーでこちらを確認すると、行き先もきかず車をスタートさせた。

　須藤は驚いて声をかける。

「おい、どこに行くつもりだ!?」

「ビッグサイトでしょう?」

「何?」

「今日も漫画のイベントがあるらしいんでさ。おたくらもその口でしょう? 何ていったっけ、そう、コスプレ。お嬢さんの制服、よくできてますなぁ。それにしても旦《だん》那《な》、平日の昼間っからお嬢さんと一緒だなんて、うらやましいねぇ。やっぱり何ですかね、警察官の格好させると、ぐっとくるものが……」

須藤は半ばうんざりしながら、警察手帳をかざす。

「進路変更だ。ビッグサイトになどいかん」

「おお、その手帳もよくできてます。判った、旦那は刑事のコスプレ……」

「やかましい! さっさと進路を変えろ! 俺たちは門前仲町《もんぜんなかちょう》に行きたいんだぁ」

「へ!? あんなところでイベント、やってんですか」

須藤は反論をあきらめた。

やはり、専用の車が欲しい。

三

地下鉄東西線の門前仲町駅から歩いて五分ほどのところ、遠くに富岡八幡宮《はちまんぐう》、首都高速九号深川《ふかがわ》線を望む、下町の情緒が残る一角に、マンション「プロテ・ハイツ」はあった。五階建ての高級マンションで、周囲を木々に囲まれ、地下駐車場に駐輪場、各戸には広いバルコニーまでついている。

大通りからは離れているため、普段は静かな地域なのだろうが、今はマンション前に警察車両が駐《と》まり、制服警官や鑑識が忙しげに出入りしている。立ち入り禁止を示すテープの向こうには、既にカメラを携えたマスコミの姿もあった。

そんな騒ぎを横目で見つつ、須藤は建物を見上げる。外壁の汚れ具合などから、築五、六年だろうと見当をつける。防犯カメラも二機設置してあるが、何ヵ所かに死角がある。プロならすぐに見破ってしまうだろう。

道に面している窓にはすべてカーテンが下りていて、住人の姿はいっさい、確認できなかった。

須藤は建物の裏手に目を移す。塀《へい》を挟《はさ》んだ向こう側に広がっているのが、問題の江東区中央公園だ。青々とした芝生の広場で日光浴を楽しんだり、木々に集まる小鳥たちの声を聞きながら、ゆっくり散歩のできる憩いの場所……のはずが、今は妙な具合になってしまっている。

そんな公園の周りには、石松の言葉通り、マンションが林立していた。「プロテ・ハイツ」のような高級マンションから、独身者向けのワンルームまで、建設中のものも含め、様々な物件が揃《そろ》っている。

これだけ多くの人がいるわけだ。子供の声で文句を言いだすヤツがいてもおかしくはないか。

ふと気がつくと、須藤の横で薄がソワソワと体を揺らしていた。

「何してるんです？　早く行きましょうよ。ピラニア、ピラニア。あ、現地の言葉でピラは魚、ニアは歯を意味するんです。ピラニアって、鋭い歯があるでしょう。だから、歯の魚」

「判った。判ったから、少しの間、口を閉じていてくれ。おまえが話すと、事がややこしくなる」

玄関のオートロックはすべて解除され、ドアも左右に開いたままになっている。その代わり、ドアの前には厳めしい顔をした制服警官が立っていた。マスコミの大群が迫っているためか、緊張の面持ちだ。須藤は身分証をだし、言った。

「本庁から来た、動植物管理係の須藤と薄だ」

こうした場合、ひと悶着《もんちゃく》起きるのがいつものことだ。いくぶんましになったとはいえ、動植物管理係の名前はまだまだ浸透していない。所轄の人間の中には、名前すら知らない者が多い。それに加え、須藤の後ろにいるのが、紙袋を提げ、時おり妙なことを口走る女性警察官なのであるから、なおさらだ。

果たして、今回はどんな粗雑な扱いを受けるのか。身構える須藤の前で、警官たちは背筋を伸ばし、敬礼をした。

「お待ちしておりました。現場は一階、その角を曲がったところです」

須藤の知らない間に、世の認識は変わったらしい。須藤は敬礼を返し、建物に入る。分厚い絨毯《じゅうたん》、天井のシャンデリア。今の仕事に就いてから、こうした建物に来る機会も増えた。一風変わった動物を飼うには、それなりに金がかかる。今のご時世、それだけの出費が許されるのは、やはり、それなりの地位にあって収入のある者となる。自然、住居もレベルの高いものとなるわけだ。住まいに興味がなく、家族も持たない須藤にとって、こうした場所は、まさに異世界だった。どことなく尻《しり》の座りが悪い。

「須藤警部補、お待ちしておりました」

エレベーターホールで、スーツ姿の若い男が待っていた。

「芦部《あしべ》巡査部長です。こちらへどうぞ」

敬礼の後、奥まったところにあるドアへと須藤たちを案内する。そこにも警官が一人立ち、須藤たちをじろりと見る。芦部が低い声で言った。

「総務部総務課の方々だ。例の社章の件で」

警官はすっと壁際に身を寄せる。芦部がドアを開いた。

「こちらへ」

靴を脱いだ芦部は廊下に上がり、奥を示した。高級マンションと聞いていたが、白い壁に木目調のフローリングという、これといって特徴もない、どこにでもある簡素な内装だった。芦部の案内で、細く、うす暗い廊下を進む。廊下は、リビングに通じるドアの前で右に折れていた。その先の左右には、同じ形をしたドアがある。

ドアの前には、芦部と同じくスーツ姿の刑事が、面倒な奴《やつ》らが来たといわんばかりの顔で、こちらを睨《にら》んでいた。芦部が口を開こうとすると、須藤の顔を睨んだまま、その場を離れていった。当然、須藤も睨み返す。芦部にしろ、この男にしろ、歳《とし》は若く、面識はない。あのケガがなければ、今ごろこいつらの指揮を執《と》っていたのは、自分かもしれない。人生というのは、判らないものだ。

いずれにせよ、彼らは、我が愛すべき日塔警部補殿の部下だ。積極的な協力は得られそうもない。何とも面倒な事案を背負《しょ》いこんだものだ。そんなことを考えつつ、改めて目の前の刑事を品定めする。

歳は三十代前半、服装が馴染《なじ》んでおらず、全身に力が入っている。顔かたちは整っており、清潔感もあった。聞きこみの際には、多少、有利に働くかもしれない。いずれにせよ、須藤から見れば、新人の坊やだ。

「まずは中をご覧下さい」

芦部はゆっくりと左側のドアを開けた。

まず目に飛びこんできたのは、部屋の真ん中に置かれた巨大なアクリル製水槽だった。百二十センチ水槽というもので、高さ一メートルほどの木製展示台に載っている。そのため中の魚たちを、腰をかがめることなく観賞できる。底には砂利が敷かれ、緑の水草がユラユラとゆれていた。デコレーション用の流木も置かれ、まるで、水中のジャングルだ。

その水草の合間を、体長三十センチ弱の魚が、悠々と泳いでいる。体はくすんだ濃い緑色をしているが、角度によってはキラキラと銀色に輝いて見える。そして特徴的なのは、何と言っても、腹の鮮やかな赤色だ。ぐっと突き出た下顎から尾びれの辺りまで、まるで中に光を灯してでもいるかのように、美しい赤色が浮かび上がっていた。

薄が興奮気味に言った。

「これはピラニア・ナッテリーです。すごーい、十四もいる」

水槽の上部にはフィルターが設置され、かすかな音とともに、水を循環させている。

「しかしこれは、すごいものだな……」

須藤は巨大な水槽から一歩離れ、部屋全体を見渡した。

部屋にある水槽は、このジャングル水槽だけではなかった。壁に沿うかたちで、九十センチ水槽がさらに四つ、置かれていた。奥に並んで二つ、左右にそれぞれ一つずつある。上部にフィルターがついているのは同じだが、底に砂利が敷かれているだけで、流木や水草の類いはいっさい入っていない。水槽の中にいるのは、「ピラニア・ナッテリー」よりも大きい、異形の魚たちだけだった。

奥の水槽の一つには、二匹の魚がいた。体は黄色に近い。左右の水槽には、それぞれ一匹ずつ。左の一匹は黒色で、右の一匹はまるで金属のような光沢を放っていた。

大きく丸い目が、こちらをうかがっているかのように、かすかにくりくりと動く。

魚たちの迫力に圧倒され、須藤は言葉もない。

部屋は四十平米はあるだろうか。そこに魚だけが泳いでいる。

欲を言えば、もう少し部屋の中が明るいと、魚たちも見やすいのだが。天井には照明器具があるが、今は消えていた。須藤は部屋の左側、黒色の魚がいる水槽の上にある窓に目をやり、ぎょっとする。魚に気を取られ気がつかなかったのだが、窓ガラスには大きなヒビが入っていた。真ん中から放射状に、細かなヒビ割れが走っている。雨模様であるため、そこから入る光はわずかだが、ヒビ割れによる屈折のためだろうか、虹《にじ》色に変化しつつ、反対側の壁をわずかに照らしている。状態から見て、どうやら外から石か何かを投げつけられ、できたヒビのようだ。

大いに気になるところであったが、いま、須藤に与えられた任務は、ピラニアたちの世話だ。刑事魂からくる好奇心を抑えこみ、各水槽の前で、「すごい、すごーい」と繰り返している薄に言った。

「薄、ピラニアを飼うには、飼育用具はいらないのか？」

「とんでもない。フィルター交換、水槽内の掃除、餌《えさ》、いっぱいいりますよ」

「この部屋には、見当たらないな」

「別の部屋に置いてあるんですよ。廊下を挟んでもう一つドアがありましたよね。そこじゃないでしょうか。後で確認してみます」

「で、ピラニアの方はどうだ？」

「見た目、問題はないようです。ただ、もう少し観察してみないと、確かなことは言えません」

「そうか。ではその前に……」

須藤は、居心地悪げに立っている芦部に向き直った。

「では芦部君、あらためてきくぞ。我々をここに呼んだ目的は？」

「な、なんですか、警部補、そんな怖い顔をして」

「怖い顔は生まれつきだ。俺とおまえらの班長である日塔との確執は知っているだろう？　あいつは、ちょっとやそっとのことで、俺たちを呼んだりしない」

「い、いえ、別に隠すつもりはないんです。そのう、ピラニアの世話をする前に、一つやっていただきたいことがありまして」

芦部が歩み寄ったのは、ナッテリーたちのいるジャングル水槽だ。

「この水槽に……」

水槽の中を指さそうとした芦部に対し、薄が「ダメ！」と叫ぶ。

「ピラニアはとても臆病で警戒心が強いんです。急に指をだしたら、びっくりしちゃいます」

「え……あ？」

芦部は薄と自分の指を見比べながら、その指の持っていき先を探している。

そんな芦部を睨みつけ、須藤は言った。

「それで、我々にやって欲しいことというのは何なんだ？」

「えー、そのう」

芦部は薄の様子をうかがいつつ、ゆっくりとした動作で、水槽内を指さした。

「ここに落ちているものを、回収して欲しいのです」

今度は須藤が水槽に飛びつく番だった。むろん、薄にしっかりと止められた。

「水槽に近づくときはゆっくりですよ、須藤さん」

「判った、判った」

顔を並べる人間三人に対し、中のピラニアたちは水草の間を漂いながら、鋭い歯をちらちらと見せてくる。

須藤は水槽の底に目を凝らした。砂利が敷かれているせいもあり、最初のうちはその異物に気がつかなかった。水草やピラニアが横切るため、ますます判別しにくい。

それでも、一分ほど見つめていると、徐々に異物の姿が浮かび上がってきた。

「バッジ？　いや、社章か」

異物は運送トラックを真横から見た形をしており、全体は黒色、真ん中に金色の星が刻印されている。須藤も時々利用する大手宅配業者のロゴマークだ。

芦部が須藤のすぐ横に立ち、言った。

「そう、あれです」

互いの頰《ほお》がふれ合いそうな距離だ。

「芦部君」

「はい？」

「少し離れてくれ」

「ああ、すみません」

さっと一歩下がったものの、視線を向けた先には、尻を突きだして水槽にへばりついている薄がいる。芦部は顔を赤らめ、俯《うつむ》いてしまった。

須藤は水槽の深さを目で測る。自分たちが急遽《きゆうきよ》呼ばれた意味が理解できた。腕をつっこめば取れなくはない深さだが、中にいるのは、他ならぬ肉食のピラニアだ。

芦部は続けた。

「道具を使えば取れなくはないのですが、相手は証拠品ですし、中のピラニアに何かあっても、これまた問題になりますし、どうにもならなくなりまして」

須藤は言った。

「薄、何とかなるか？」

「こんなこともあろうかと、道具を持ってきました」

薄は右手でＯＫマークを作りつつ、ドアの脇に置いた紙袋の一つを漁《あさ》り始める。取りだしたのは、伸縮できる指示棒の先に小さなフックを針金で巻き、取りつけたものだった。

「これ、自作なんです。名づけて『引っかけ棒』！」

そう言いながら、厚手のゴム製手袋をはめる。

「脚立《きやたつ》か椅子《いす》を持ってきてもらえますか？」

水槽は展示台の上に載っているため、そのままでは、薄の手が届かない。芦部が廊下に飛びだしていった。

二人だけになったので、須藤は薄に尋ねる。

「薄、気がついたか？」

「入り口を入ってすぐ左のところですね」

部屋の床にはグレーのカーペットが敷かれている。その一部分の表面に、引っ掻《か》いたような傷がついていた。薄が指摘した通り、入り口を入ってすぐ左側のところだ。爪《つめ》か何かで掻きむしった跡のように見える。

「現場はこの部屋ってことか」

「そうみたいですね」

薄は鼻をクンクンいわせる。

「臭いは残っていないですけど」

芦部が脚立を抱えて戻ってきた。

「これで、大丈夫でしょうか」

「須藤さん、水槽の脇で、脚立を押さえていて下さい」

「よし」

水槽の上部には、水を濾過《ろか》するためのフィルターがついており、踏み外したからといって、水槽内に落ちる心配はない。だが、相手はピラニアである。腕を突っこんだだけでも、何が起きるか判らない。須藤はやや緊張しながら、脚立を押さえた。芦部もただ見ているだけというわけにもいかないのだろう、須藤の向かいで脚立を持つ。その間を薄が軽やかに上っていく。

「薄、気をつけろ。腕を食われるんじゃないぞ」

「食べられたりしませんよぅ。ピラニアはそんなことしませんから」

「驚いて飛びかかられるかもしれん」

「ジャンプくらいしますけど、ピラニアは飛んだりしませんから。さっきも言いましたけど、須藤さん、映画の見過ぎです」

薄の言う通り、須藤が持つピラニアのイメージは、ほとんどが映画からのものだ。中でも、ヒレが大きく宙を飛ぶようにして人を襲う肉食魚の映画は、いまなお、トラウマとして記憶に留まり続けている。タイトルはなんだったか……。

ふと正面に目を戻すと、芦部が真っ赤になって下を向いている。目の前に薄の足があり、スカートの裾《すそ》がヒラヒラしている。少し目を上にやれば、中が見えてしまう。

こんなことで、刑事が務まるのだろうか。

須藤は警察の変貌《へんぼう》を嘆きつつ、水槽に差し入れられた、薄お手製の「引っかけ棒」を見る。フックの先はまっすぐ社章に向かっている。棒の動きは静かで、魚たちが驚いた様子もなかった。棒のすぐ脇を、鮮やかな赤に染まったピラニアが泳いでいく。

社章を吊《つ》り上げるまでにかかった時間は、一分足らずだった。脚立を下りた薄は、分厚い手袋をしたまま、器用に小さな社章を取り、「はいっ」と芦部に向かって差しだした。

芦部は熱にうかされたような、虚ろな目で自分の手をだす。見かねて須藤は言った。

「証拠品だろう。手袋しなくていいのか」

「え？　あ！」

慌てて白い手袋をはめると、うやうやしく証拠品を手に取った。

「ありがとうございます。助かりました」

「早く持っていけ」

「はい」

敬礼する間も、視線は薄に向けられていた。当の薄は、そこに芦部という、若くてそこそこいい男がいるにもかかわらず、興味のすべてが、人食い魚に向いている。彼女は二匹入りの水槽を指さし、頬を上気させ言った。

「ジャイアントイエロー・ピラニアの混泳ですよぉ。ピラニアの混泳って、難しいんだけどなぁ」

そんな薄を恨めしげに見つめながら、芦部は一人、出ていった。

「さて、薄、仕事にかかってくれ」

「はーい」

薄は手袋をはずし、代わって、いつもの割烹着《かっぽうぎ》を身につけた。

まずは、ピラニア・ナッテリーが十四入っている水槽だ。薄は魚ではなく、水の様子にじっと目を凝らす。

「汚れはそれほどでもないし、お腹を空かせている様子もないですねぇ。最後に餌をやった時間が判ればいいんですけど」

「今回は詳細な情報がほとんどないんだ。今判っているのは、遺体発見が昨日の朝だったことだけだ」

「被害者が亡くなる前に餌を与えていたとすれば、しばらくは大丈夫のはずです。ただ、共食いを防ぐためにも、餌はすごく重要ですから、もっと詳しい情報がないと……。特に、ナッテリーや混泳しているジャイアントイエローが心配です」

「よし」

須藤は部屋のドアを開け、廊下に顔をだした。そこには芦部ともう一人の刑事が、顔をつきあわせて話をしていた。

「芦部君、ちょっといいか？」

芦部は先輩の顔色をうかがいつつ、そそくさとこちらにやってきた。

「いくつか聞きたいことがある」

そして、先輩刑事に目を移す。

「ちょっとお借りしますよ」

刑事は黙って顔をそむけた。須藤はためらいをみせる芦部の背中を押し、部屋に引きこむ。

「捜査一課の中で、俺たちがどう思われているかは承知している。おまえには、なるべく迷惑はかけないようにするから」

「いや、別に、僕は……」

芦部の肩に腕を回し、顔を近づける。

「ちょっとだけ、協力してくれや。なぁ」

かつて、こうやって迫ることで多くの悪党を落としてきた。当時の迫力がどの程度残っているかは判らないが、新人の純情青年には充分に有効と踏んでのことだった。

だがそこは捜査一課の刑事だ。怯えながらも、何とか踏みとどまっていた。

「いえ、僕……私は班長の指示に……」

「班長の指示。当然だ。部下たるもの日塔様の指示に従うのは当然だ。だが、ここに日塔はいない。いるのは、俺とおまえだ。そしておまえは俺の仕事を邪魔している。

こいつは見過ごせないな」

「い、いえ、僕はそんな……」

「日塔から聞いているだろう？　俺がどんな手を使って、犯人たちを落としてきたか。ええ？」

芦部は殻《から》に閉じこもることで、何とか耐えている。

「どうなんだ、こらぁ!!」

若い刑事の殻など、卵の殻よりもろい。芦部は「ひー」と馬のような悲鳴を上げ、崩れ落ちた。須藤は芦部と一緒にしゃがみ、視線の高さを合わせる。そして、今度は優しく肩に手を載せた。

「情報源は口外しない。だから、きいたことに答えてくれよ。な？」

芦部は床に尻を突くと、いじけたように目を伏せた。

一方須藤は、日塔に対する怒りがフツフツと湧《わ》いてくる。捜査に私情を挟むなど、ド素人のやることだ。自然と顔つきが険しくなっていたようだ。芦部の顔色がますます蒼《あお》くなる。

「いったい、あの社章は何なんだ？　あの日塔が俺たちに頼んでまで手に入れたかったもの。興味があるじゃないか」

芦部は尿意をこらえるかのようにモジモジと内股《うちまた》をくねらせる。

「えっと、そのことは、捜査上の……」

「ほほう、捜査上の重要事項だとおっしゃるのか。いいか芦部、おまえは今、とても危うい立場にあるんだ。高層ビルの屋上の細い手すりの上に片足で立っていると思え。俺がこうして横からひと吹きすれば、きさまは真っ逆さまだ」

須藤は芦部の耳にふっと息を吹きかけた。

「ひぇぇぇ」

芦部は飛び上がる。

「ちょっと、大きな声をださないで！　ピラニアがびっくりするじゃないですか！」

着地するや、薄から怒鳴られる。もはや芦部は、須藤の言いなりだった。

「さあ、言え。あの社章は何だ？」

「あ、あれは、犯人を特定する重要な証拠物件です。今回の案件は早期解決を命令されておりまして……」

「なるほど、重要な証拠か。それなら無理はない。納得したよ」

芦部は弱々しく、微笑んだ。

「そうですか。なら、僕は失礼……」

「待て待て。せっかくだ、事件の概要について、話していけ」

「そんなぁ」

「どう思う？　薄」

「実はちょっと気になる点があるんです。事件の概要は、私も知りたいです」

「芦部、薄もああ言っている。一つ、聞かせてくれないか」

「……いや、でも、班長から、絶対にあなたがたには知らせるなって……」

「この世の中に絶対なんてものはない」

「そうです。シマウマだって、ライオンに勝つことがあるんです。ライオンは獲物に手傷を負わせた後、首を噛んでとどめをさしますが、そこでシマウマは……」

「薄、その喩《たと》えだと、俺たちがシマウマで日塔がライオンになるぞ」

「シマウマをバカにしたらダメですよぅ。シマウマはウマ目ウマ科ウマ属」

「ウマウマだな」

「はい、ウマウマです。ああ見えて、気性は荒いんですよ。実際、今まで家畜化に成功した例はほとんどないんです」

「ウマなのに？」

「ウマよりロバに近いからですかね。野生の気性ってヤツですよ」

「なるほど。たしかに親近感を覚えるな」

「ちょっとよろしいですか」

芦部が言った。「僕はそろそろおいとましても……」

「ダメだ」

襟首を摑《つか》んで、手元に引き寄せる。

「さあ、事件の概要だ。まず、遺体発見の様子から喋《しゃべ》れ」

芦部は観念したのか、須藤の縛《いまし》めを外すと、ジャングル水槽の前に立ち、言った。

「遺体が発見されたのは、昨日の午前八時過ぎです。この部屋に住む川田《かわた》道明《みちあき》さん、六十七歳が、この部屋で扼殺されていました」

「発見者は？」

「被害者の友人、戸《と》村《むら》滋之《しげゆき》です。玄関が開いたままになっていることに不審を抱き、中に入ってみたところ、遺体を発見。警察に通報したとのことです」

「被害者は一人暮らしだったのか？」

「はい。妻子もなく、天涯孤独であったようです」

「被害者はかなりの資産家だったんだな。ここは高級マンションだし、ピラニアのことはよく判らないが、これだけの設備でこれだけのものを飼うなら、それなりに金が

「かかっただろう」

「おっしゃる通りです。実を言うと、このマンション自体が、被害者の持ち物なんです。もともとは父親の経営していた小さな町工場を継ぎ、細々と経営していたようなんですが、八〇年代前半に株式投資で成功、その後もバブルを上手く乗り切って、今では数棟のマンションの所有者です。家賃収入だけで充分やっていけるってわけです。うらやましい限りですよ」

「首を絞められて殺された人間を、うらやましいとはな」

「あ、すみません。口が滑《すべ》りました」

薄が叫んだ。

「もう一度、やって下さい。よく見えませんでした」

「え？」

「滑って、早く。口！」

下唇を懸命に突きだしている、芦部の頭をはたく。

「続けろ」

「えーっと、どこまで話しましたっけ」

「口が滑るところまでだ」

下唇を突きだそうとしたところで、芦部は我に返る。

「えーっと、そうだ、被害者は資産家で、一人暮らしでした」

「そうなるとその発見者、戸村だったか？　そいつが気になるな。友人とはいえ、訪問時間が午前八時とは、いささか早すぎる。それに、玄関が開いていたから中に入っただと？」

「本人は、事前に面会の約束があったと証言しています。被害者の携帯には、たしかにその旨の記述がありました」

「被害者に会う用件は何だったんだ？」

「ピラニアについてです」

「もう正直に言え」

「は？　何をです？」

「おまえ、戸村を呼び捨てにしたな。こいつが、第一容疑者なんだろう？　今ごろは、班長自らが取り調べ中なんじゃないのか？」

「え……いや、そ、そんなことは……」

芦部の目が泳ぐ。思ったことがすぐ顔に出る。やはり刑事には向いていない。

「とぼけても無駄だ。発見者を疑うのはセオリーだし、そこに不審点があればなおさらだ。ふふーん、読めてきたぞ。あの社章も、戸村の持ち物だな」

芦部は顔を顰め、肩を落とした。

「まったく……班長に何て言えばいいんだろう……」

「先のことを思い煩《わずら》ってても仕方ないぞ。今は、この俺に全部、ゲロするんだ」

「取り調べを受けてるみたいです」

「昔はそうやって、どいつもこいつも、片っ端から吐かせてきたんだ」

もはや逆らっても無駄と観念したのだろう。芦部は従順に語りだした。

「戸村自身はとぼけていましたが、被害者と彼の間には、諍《いさか》いがありました。何でも、ピラニアの混浴がどうとか」

薄が言った。

「それ、混泳です」

「コンエイ？　新種の魚か？」

「エイの仲間で、そんな名前は聞いたことがないですねぇ。エイはまず、シビレエイ目、ノコギリエイ目、ガンギエイ……」

「エイのことはひとまず置こう。余計なことを言った俺が悪かった」

そんな須藤に、芦部が言う。

「コンウェイなら、人の名前ですね」

スネを蹴《け》り上げた。

「調子に乗るんじゃない、話を続けろ」

蹴られた方の足を抱え、ピョンピョンと跳び回った後、芦部は須藤とさらに距離を置いて立った。

「その奥の水槽に、二匹いるピラニア」

「ジャイアントイエロー・ピラニア」

「そういう種類なんですか？　とにかく、戸村もそのピラニアを一匹飼っていた。そこに、川田氏がコンエイ……ですか？　に成功したと聞き、自分もやってみたくなった。そこで、川田氏に相談したらしいんです」

「ピラニアとはいえ、同じ種類なんだろう？　別に問題ないんじゃないのか？　第一、あっちの水槽の奴らは仲良く泳いでいるぞ」

薄が人差し指を突きだし、「ちっちっち」と舌を鳴らしながら、左右に揺らした。

「同種族といえど、肉食魚ですからね。簡単に共食いします。原則、ピラニアの混泳はお勧めできません」

「でも……」

水槽を指さす須藤を遮り、薄は続けた。

「中には例外もあります。同じ大きさのピラニアを二匹買ってきて、一つの水槽に同時に放します。そうすると、上手く混泳することもあります。ピラニアの個体差がありますから、最終的には運任せです。あそこの水槽の二匹は相性が良かったんでしょう。でも、餌が不足すれば、そんな関係はすぐ壊れます。争って、共食いを始めてしまいます」

「川田氏はその辺のことまで、きちんと説明したのだろうか」

芦部が答えた。

「これは戸村の証言なので、信憑性《しんぴょうせい》には疑問が残るのですが、きっちりとした説明はなかったそうです。餌にさえ気をつけていれば大丈夫。その程度のアドバイスだったとか」

「なるほど。それで戸村はピラニアをもう一匹購入、今まで飼っていたピラニアの水槽に入れたわけか」

「結果は散々だったようで、二匹とも無残な状態で死んでしまった。腹の虫の治まらない戸村は、川田氏の許《もと》に怒鳴りこんだ」

「それが諍いか」

「ただ、戸村が言うには、川田氏に悪気があったわけでなし、自分も迂闊《うかつ》なところがあった。結局、仲直りをしたと」

「ほほう。で、事件当日、朝八時に訪ねた理由は？」

「戸村は運送会社でドライバーをやっているのですが、出勤前にピラニアを見せてもらう約束をしていたと証言しています」

「なるほど。一応の辻褄《つじつま》は合うな」

「ただ、仲直りしたというのは、戸村の一方的な証言だけですし、戸村がこの部屋の前で怒鳴り声を上げているのを、何度か近隣の住人が聞いています」

「川田氏の死亡推定時刻は？」

「遺体発見の直前、午前八時ごろになります」

「通報があったのは？」

「八時十三分。通報者は戸村自身です」

「指紋は？」

「被害者のものと戸村のものが見つかっています」

「それについて戸村は？」

「遺体発見時に驚いて、さわってしまったと」

「部屋に入ったのは初めてだったのか？」

「そのようです」

「死因は扼殺か。素手で？」

「はい。戸村は大学でレスリングをやっていまして、かなり力も強い。老人を扼殺するのも、比較的簡単だったと思います」

「それだけか？」

「え？」

「それだけで、戸村を引っ張り、攻めているのか？」

「第一発見者であり、動機もあり、殺害の機会もあった。それで、弱いですか？」

「当然だ。どれも本人が否定すれば、覆《くつがえ》るものばかりだ。引っ張るには、もっと強い証拠がいる。日塔はもっと凄《すご》いネタを摑んでいるんだろう？　この期《ご》に及んで、だし惜しみなんてするんじゃない。隠そうとしても、すべてお見通しだ」

芦部の目がちらりと窓に向いた。

「なるほど。やはり、あの窓のヒビ割れが関係しているんだな。さあ、すべてぶちまけてしまえ」

芦部はいよいよ観念したようだった。

「公園にある池の傍に、防犯カメラがあります。そこに、この部屋の窓めがけて石か何かを投げる男が、捉《とら》えられていたんです」

石松によれば、ピラニア騒動を受け、池の傍に防犯カメラが一つ、取りつけられたとのことだった。

「それはいつのことだ?」

「三日前です。深夜、自転車でやってきた男が、何かを投げつけ、そのまま去っていく姿がばっちり写っていました」

「人相まで確認できたのか」

「フードをかぶり、マスクをしていたので、そこまでは。ただ、背格好などは、完全に戸村と一致します。乗っていた自転車も、戸村所有のものと同一であることが判っています」

「ほほう、そいつは決定的だな。しかし、疑問も残る。窓にこれだけ派手なヒビを入れられ、川田氏は通報しなかったのか?」

「所轄にそうした通報は入っておりません」

「この窓は公園側からも見えるんだろう? 誰か気づきそうなものじゃないか」

「これは実際、現場に立たないと判らないのですが、公園とこのマンションの間には、目隠しの意味もこめ、植えこみが拵《こしら》えられています。ですから、公園から窓は見えないんです」

「そんな状況で、戸村と思われる男はどうやってガラスにヒビを？」

「植えこみ越しに石を投げたようです。ガラスに当たるかどうかはどうでもよかったのでしょう。怒りにまかせての犯行だと思います」

「ガラスに当たりヒビが入ったのは、あくまで偶然か」

「はい。それと、防犯カメラの映像についてですが、カメラは高さ三メートルの位置にあります。ですから、植えこみをこえ、窓ガラスに直撃する物体を捉えていたわけです。もちろん、投げた男の方も」

「なるほど、理解したよ。詳しく聞けば、日塔の判断に間違いはなさそうだ。俺でも、戸村を引っ張るだろう」

　芦部はややホッとした様子を見せつつ、言った。

「ただ、本人は石を投げたことまでは認めたものの、殺害に関しては頑《がん》として否定しており、取り調べは膠着《こうちゃく》状態になっていました。そんなとき、例の社章が見つかったんです。最初の鑑識作業では見落としていたのですが、写真を確認していた課員が気づきまして」

「それは戸村のものに間違いないのか」

「会社に問い合わせたところ、社章裏には番号が刻印されているとのことでした。水槽越しに確認したところ、番号が戸村のものと一致しました」

「社章について、戸村は何と？」

「何日か前に無くしたと。無くした場合、会社に届け出の義務があるのですが、無視していたようです」

「そこまでくると、心証は限りなく、黒に近いな」

「班長もそう考えているようです。ただ、殺害にかかる具体的な証拠が何もないので、逮捕には至っておりません。自白が得られれば、いいのですが」

「回収した社章は、形勢逆転のキーになりそうか？」

「僕には何とも」

「事件の概要は判ったよ。おい、薄」

薄はブラック・ピラニアの水槽にべったりとはりついている。

「薄、芦部君の話、聞いていたのか？」

「はいはーい、聞いてました。シャチのショーと猿がキー」

「もう少しピラニアを観賞していてくれ」

「はーい」

芦部はドアの方へとにじり寄りながら言う。

「それでは、僕もこのへんで……」

「待て！」

須藤は芦部の腕を摑む。

「川田氏殺害事件の方は終わりだ。だが、もう一つ、残っている」

「もう一つ？」

「とぼけるな。裏の公園の一件だよ。子供たちの遊び場でもある池に、ピラニアが放されていた。区役所には子供の声がうるさいと苦情があり、公園のすぐ傍にピラニアを飼う男が住んでいた。結びつけない方がどうかしているだろう」

「いや……それは、そのぅ……」

「そちらの捜査は、所轄主導でやっているんだよな。その辺、日塔は上手くやっているのか？」

「そんなこと、僕の口からは言えません。ただ、班長はイタズラの件と今回の事件に関係性はないとの見方です」

「イタズラの件を、確認もせず除外するのは、少々乱暴すぎやしないか？　川田氏が関係しているのかいないのか、そこを見極める必要はあるだろう」

「その辺りは所轄が捜査しているはずです。公園周りのマンションも全戸訪問して話を聞いているはずです」

「それだけのことをして、川田氏は引っかからなかったのか？」

「そう聞いています」

「だが、これだけのピラニアだぞ。捜査員がよほどの間抜けでない限り、署に呼んで話くらい聞くだろう。その辺りはどうなんだ」

「捜査員は、入室して部屋の中まで確認しておりません。玄関先で話を聞いただけですから」

「近隣住人の証言は？　ピラニアの件を知っていた者は複数いただろう？」

「それが、川田氏はあまり近所付き合いもなく、ピラニアを飼っているとの情報はどこからも入ってこなかったようです」

「つまり、誰にも知られることなく、ピラニアを飼っていたと？」

「ええ」

「そんなことが……」

薄が言った。

「あり得ることです。魚は鳴いたりしませんし、散歩の必要もありません。飼育者が口外しない限り、気づかれずに飼うことはできます」

「だが、薄が驚くほどのピラニアだぞ。見せたり、自慢したりするものじゃないのか」

「それは人それぞれだと思います」

今度は芦部だ。

「川田氏は、このマンションが建った六年前に引っ越してきました。それまでは、麹《こうじ》町《まち》にあるマンションにいたようです」

「川田氏はマンションの家賃収入で生計をたてていたんだったな」

「はい。資産数億円です」

「だが家族はいない」

「ええ。天涯孤独というヤツです」

「遺産目的という線はない……か」

「趣味はこのピラニアだけ。車も持たず、親しい友人もなく、寂しい老後だったようです」

「おまえの感想は聞いていない」

須藤はぴしゃりと言い放つ。寂しい老後……そうした先入観は捜査の敵だ。被害者が本当にそうであったのかは、まだ判らない。

「薄、おまえはどう思う？　このピラニアの飼い主について」

「ピラニアがとても好きだったこと以外、判りません」

「おまえ、ピラニアは臆病で警戒心が強いと言ったな。ということは、子供の声なんかは、気になるんじゃないか」

「どうでしょう。公園の傍と言っても、窓は閉まっているし、ピラニアの生活に支障が出るほどの声だったとは、思えませんけれど」

「あのぅ」

芦部がおずおずと手を挙げた。

「川田氏のピラニアの件は、日塔警部補も最初に調べていました。ただ、生活の状況などをみて、犯人ではないと判断されたようです」

心証だけで言うなら、須藤は日塔とは正反対の見解を持っていた。ピラニアだけを愛し、ひっそりと暮らす資産家の老人が、子供の声に腹をたて、区役所に苦情を言い、怒りにまかせて池にピラニアを放つ……。あり得ない話ではない。

ピラニア騒動はもっと突っこんで調べる必要がある。須藤の勘がそう告げていた。

それがひいては、殺人事件解決の糸口になるかもしれない。

もっとも、こんなことを日塔に告げたところで、聞く耳も持たないだろうが。

ならば、勝手にやるか。

須藤は手を打ち鳴らした。

「よーし、薄、仕事にかかろうか」

「はーい」

「芦部君、ありがとう。後はこっちで処理する」

芦部はなおも不安げな面持ちで、その場を動かない。

「あのぅ、今の情報、僕から聞いたって、班長には言わないで下さい」

「安心しろ、言わないよ。だが多分、あいつは自分で嗅《か》ぎつける」

「そ、そんなぁ」

「薄、ほかにまだ、気になることはあるか？」

「一つありまーす」

「言ってみろ」

「このピラニア・ナッテリーのことなんです」

ブラック・ピラニアから離れた薄は、ジャングル水槽の前に立つ。

「ナッテリーはピラニアの中でも、一番、飼いやすい種類です。世界のあちこちで養殖もされていて、ショップに行けば、比較的、簡単に手に入ります」

「ところで、このピラニアは混泳どころか、群れで泳いでいる。大丈夫なのか？」

「はい、例外的というわけでもないですが、この種だけは、群れの方が飼いやすいです。逆に一匹だけにすると、パニックを起こしたり、餌を食べなくなったりします。もともと性質が臆病なんです」

「ふーむ、俺の知っているピラニアとは大分、違うな」

「だから、それは映画やなんかで刷りこまれたイメージなんですってば」

「まあ、それは理解した。だが、被害者がナッテリーを飼っていることがどうして引っかかるんだ？」

「この水槽や設備はどれも新品です。多分、ナッテリーを飼い始めたのは、ごく最近だと考えられます」

「それのどこが問題なんだ？　そもそも、飼いやすい種類なんだろう？」

「被害者はブラックやジャイアントイエローを飼っていたんですよ、どうしていまさら、ナッテリーを飼おうと思ったのでしょう？」

「それは……ピラニア好きだったら、そういうことがあってもいいんじゃないか？」

「ですけど、この水槽のピラニアたち、あまり状態が良くないんです」

「どういうことだ？」

薄が手招きするので、須藤も近づき中を見る。なるほど、よく見れば、何匹かのピラニアにはヒレがない。さらに、一匹は片目が潰れており、ほかにも泳ぎが弱々しく、水草の陰に隠れ、ほとんど動かないものもいた。

「こいつらは……やはり、水槽の中で喧嘩《けんか》をしたのか？」

「断言はできませんが、違うと思います。ピラニアが相手を襲う際、ヒレから囓《かじ》り取るのはよくあることです。まずヒレ、それから目を狙《ねら》います」

「すると、こいつらは共食いを？」

「ただ、この水槽内でそれが起きたのかどうかは疑問です。被害者はピラニア飼育のベテランです。ナッテリーを共食いさせるなんて……」

「ふむ」

薄に言われても、須藤にはどうもピンとこない。ピラニア飼育のベテランとはいえ、かつては飼いやすいナッテリーから始めたに違いない。ふと昔をなつかしみ、衝動的にナッテリーを買う。しかし、より思い入れのあるほかの魚に気を取られている間に、餌やりを忘れる。ナッテリーたちは共食いをする。その程度のことは、いくらでもありそうに思えるのだ。

「なあ薄、おまえの言うことには一理あるが……」

「三・九二七キロ」

「距離じゃないんだよ！　距離なら最初からキロかメートルで言う」

「やっぱり。いくら何でも、一里は遠すぎると思ったんです」

言うだけのことを言うと、薄は様々な角度から、ナッテリーの水槽を眺《なが》め始める。

「うーん」だの「はーん」だのと一人勝手にうなずいている彼女に対し、須藤は辛抱《しんぼう》強く尋ねた。

「それで薄、次は何をするんだ？」

「餌などの確認です」

「餌や飼育用の備品は向かいの部屋にありそうだと、おまえ言っていたな。一つ、のぞかせてもらうか。芦部君」

若者の姿はどこにもない。部屋のドアは開いたままだ。逃げだしたらしい。

廊下をのぞくと、人っ子一人いない。須藤たちとの関わりを恐れ、皆で退散したということか。

まあ、その方がやりやすい。向かいにあるドアを、須藤は開いた。

　予想通り、そこは四畳ほどの小さな部屋で、ピラニア飼育用の物置部屋となっていた。物置と言っても、入ってすぐ右側には、金魚たちの泳ぐ立派なアクリル水槽がある。こちらも上部にフィルターがあり、水を循環させるモーター音が響いていた。中にいるのは、五センチほどの小赤が十五匹ほどだ。美しい赤色で、尾びれをひらひらとさせチョロチョロと泳ぐ様が何とも愛らしい。

「ああ、薄、ここにいる可愛い金魚たちだが、やっぱり、そのぅ……あれなのか？」

「須藤さんのいう『あれ』が餌という意味でしたら、その通りです」

「やっぱりな。肉食魚にとって、生き餌《え》に勝るご馳走《ちそう》はなしか」

「この金魚、マサルっていう名前なんですか？」

「違う！　餌に名前をつけてどうするんだ」

「そうですよねぇ。ああ、マサルが食べられるーとか。あ、でも、サトシとかタロウでもいいですね」

「名前の件は終わりだ。それにしても、餌から自分で飼育するとはな。金魚なら買ってきた方が早いんじゃないか？」

「買うのもいいですが、痩《や》せていたり、病気を持っていたりして、ピラニアの健康に悪影響を与えるものもあります。この水槽の小赤、丸々と太っているでしょう？　これは飼い主がしっかりと調整していた証拠です」

「太らせてから食べさせるか……。心情的には複雑だな。で、餌はすべてこの小赤をやっているのか？」

「まさか。生き餌だけだと、水の汚れも激しいですし、値段も張ります。あれだけのピラニアがいたら、固形飼料やクリルも使っていたはずです」

「クリル？」

「オキアミを乾燥させたものです。ナッテリーのような赤いピラニアに食べさせると、発色がさらによくなるんです」

「たしかに、ナッテリーは綺麗《きれい》な赤色をしていたな」

薄は奥にある棚へと移動する。手前には乾燥餌と思われる缶が並ぶ。

「いろいろ揃ってるなぁ。湿気対策もしっかりしてあるし、大事にしていたんですねえ、ピラニア」

棚の隣には、小型の冷蔵庫がある。ドアを開くと、中には、スーパーで売っているパックが整然と並んでいた。

「おい、こいつはマグロだぞ」

「マグロは好んで食べます。何しろ、肉食魚ですから」

「ピラニアがマグロか。まさに共食いの世界だな」

「あ、下は冷凍庫になっていますね」

「なんだ、そこにパッキングされている肉みたいなものは」

「肉みたいなものじゃなくて、肉です。これはハツですよ」

「ハツって、牛の心臓か？」

「ええ。脂肪分が少なくて、餌としてすごくいいんです。ジャイアントイエローやブラックなど、大きな個体は、喜んで食べます」

冷蔵庫の向かいには、小さな流し台もあり、まな板、包丁なども揃っていた。ここで餌を切り分けていたのだろう。流しの下には、フィルターの掃除用だろう、ホースブラシ、バケツ、熱湯を用意するための電気ポットなどが、入っていた。

薄はうっとりした目で、部屋を見回す。

「必要なものはすべて揃っていますし、手入れも行き届いています。日頃からきちんと世話をされていたんですねぇ。今のところ、ピラニアに問題もないようですし、夕方、餌やりをして、明日、水替えをすれば充分だと思います」

「そうか。では、ピラニアの方は一段落だな」

「ただ念のため、普段の餌の量などを確認したいんです」

「確認と言っても、飼い主は死んでいるからなぁ」

「ピラニアの購入先に聞けば、ある程度は判るんじゃないでしょうか。飼育相談をしていたかもしれないし」

「購入先が判らんだろう」

「そこに餌や備品の領収書が留めてあります」

流し台横の壁に、小さなコルクボードが吊ってあり、そこにピンで紙が留めてある。確認してみると、どれもすべて「ペットショップ・クサノ」の名前が印字されている。住所は中央区日本橋箱崎町《にほんばしはこざきちょう》とある。車で行けばそう遠くはない。

「薄、この店、知っているか？」

「はい。三代続く老舗《しにせ》です。熱帯魚に強くて、ずいぶん前からピラニアを扱っているそうです。多分、ここにいるピラニアはこのお店で買ったものだと思います」

「そうか、ピラニアに強い……。ちょっと待てよ。ピラニア騒動で、池のピラニアを偶然見つけたのは、ペットショップのオーナーだったよな。まさか……」

「ええ。オーナーの草野天《くさのたかし》さんです」

「何と！　こいつはダブルで話を聞く価値がある」

「お店にいく鯛《たい》焼きブンブンができましたってことですね」

「鯛焼きだと？　俺は甘いものが嫌い……ああ、大義名分か」

「須藤さん、調べるつもりなんですよね、ピラニア騒動のこと」

驚いたことに、薄にすべて見透かされていたらしい。

「薄、おまえ……」

「実は私も気になるんです。真相を探ってみたいと思います」

「よし。そうと決まれば、即行動だ」

「場所は私、判りますから」

薄と共に玄関へと向かう。廊下には、相変わらず人気《ひとけ》がない。それを良いことに、リビングに通じているドアを薄く開いて、中をのぞいてみた。部屋は思っていたよりも狭く、小さなダイニングキッチンに六畳ほどのリビングがあるだけだった。キッチンはほとんど使われていなかったようで、食器棚もガラガラだ。リビングには小さなテレビが一台と半透明の衣装ケースが三つあるだけ。そして、壁際には布団《ふとん》がきちんと畳んで積み上げられている。川田はこのリビングで寝ていたらしい。

「被害者はかなりの金持ちと聞いていたが、質素なものだな。人より魚の方がいい暮らしをしている」

「それって理想的ですよね」

「そんなふうに考えられるのは、おまえくらいだよ」

玄関を出ると、先と同じ警官が立っていた。横目でこちらを見たが、何も言わない。

「ご苦労さん」

須藤はエントランスを見回すが、芦部たちの姿はなかった。日塔に我々のことを報告、善後策を検討中といったところか。

路地に出たところで、石松に電話をかける。すぐに応答があった。

「どうだ、そちらの様子は？」

「日塔のヤツ、面倒な案件を背負いこんだな」

「ああ。一課の人間、皆、同情しているよ」

「ピラニアに関しては、万事ＯＫだ。事件については、完全にシャットアウトだな。めぼしい情報も落ちてこない」

「当然だろう。日塔にとって、おまえたちは因縁の相手だ」

須藤は携帯を持ち替え、さらに声を落とした。

「取り越し苦労かもしれんが、あえて言う。この事件、日塔に任せておいて大丈夫か？」

しばしの沈黙の後に発せられた言葉には、迷いがあった。石松にしては珍しいことだ。

「日塔を信じるしかないだろう」

「ヤツは容疑者戸村、一本で攻めようとしている。確かに有力容疑者ではあるが、今の時点でそこまでしぼるのは危険だ」

「上からの圧力がすごいんだよ。早期解決をってな」

「例のピラニア騒動との絡《から》みだろう？」

「報道のせいで、世間の注目度が増している。そんな中で、公園のすぐ前に住んでいる男がピラニアを飼っていて、しかも殺されたわけだ。マスコミが大喜びで食らいついてくる」

「所轄が川田のピラニア飼育を見落としたこと、川田殺害によって真相解明が困難になること。いろいろと突っこまれるな」

「矛先《ほこさき》をかわすためには……」

「犯人の逮捕か」

「そうだ。それによって川田とピラニア騒動との関係も明らかになるかもしれん。できれば、殺人とピラニア騒動の捜査を並行したいところだが、人手もないし、マスコミの目もある。日塔は気にくわない野郎だが、今回ばかりは同情する。がんじがらめで身動きが取れない」

「ピラニア騒動の方は、俺たちがやる」

「何だと?」

「俺だって、日塔の援護などしたくもないが、警察、いや、捜査一課のためだ。被害者川田は、ペットショップ・クサノの常連だったんだ」

「クサノって、あのピラニアの発見者の?」

「そうだ。これから話を聞きにいく。俺たちには、マスコミもノーマークだ。自由に動ける」

石松は乾いた声で笑う。

「さすがだ。頼りになるな」

「それは俺のことか? 薄のことか?」

「どっちもだ」

「一つ頼みがある。所轄のガードは固い。ピラニア騒動の資料を俺たちに開示するとは思えん。おまえの方で手に入らないか?」

「時期が時期だけに、簡単にはいかん。だがまあ、やれるだけやってみよう。あまり、期待するな」

「おまえに期待したことなんて、金輪際《こんりんざい》、一度もねえよ」

「ぬかせ」

電話を切った後、表通りに出て、タクシーを探す。だが、急いでいるときに限って、空車が来ない。鬼頭の言う通り、やはり専用の車は欲しい。

「なあ、薄、おまえ、同僚か部下が欲しくはないか？」

「犬なら」

「人間だ！」

「ええ？　人ですかぁ。人は面倒くさいからなぁ」

「犬の世話より楽だと思うがな」

「そんなことないですよぅ。犬は忠実だし、頼りになるし、悩みも聞いてくれるし」

「悩みは聞かないだろう」

「そんなことないですよぉ。犬はけっこう判っているみたいですよ、人のこと」

「おまえも犬に相談とかするのか？」

「私は悩みとか、ないですから」

「……そうか」

タクシーが止まる。乗りこむや、中年の運転手は下卑《げび》た笑みを浮かべた。

「いやぁ、旦那、昼間っからお楽しみですなぁ。最近は色んなサービスができて、こっちもびっくりさせられまさぁ」

俺の悩みは深まる一方だ。

須藤は身分証を突きつける。

「その口を閉じて、まっすぐ前を見て、安全第一で運転しろぉ」

四

ペットショップ・クサノは、永代《えいたい》通りを左折し、小さな橋を渡った先にあった。住所地は中央区日本橋箱崎町、少し先には箱崎ジャンクション、水天宮《すいてんぐう》のある場所だが、店の周囲はマンションと雑居ビルの並ぶ、静かな一帯だった。

そんな中にあって、ペットショップの小さな店先は、人でごったがえしていた。子連れの主婦や愛好家と思しき若い男性たち、金魚の入ったビニール袋を手に、笑顔で帰っていく老夫婦などが行き交っている。

タクシーを降りた須藤は呆気《あっけ》に取られていた。

「なんとまあ、こんなに繁盛している店を見るのは、初めてだ」

「あのピラニアの件がワイドショーで取り上げられて、一気に有名店になっちゃったんです。あ、でも、もともと知る人ぞ知る的なお店だったんですよ。草野さんは獣医を志していたこともあって、動物全般にも通じています」

「さすが、詳しいな」

「都内のペットショップのことなら、だいたいホカクしてますから」

「把握だろう」

「似たようなものです」

「違う！　しかし、この人出じゃあ、話を聞くこともできないな」

「大丈夫です。ちょうど、休憩時間のはずです。お昼の十二時から一時までは、店員さんに任せて、裏に引っこむんです」

「そこまで詳しいとなると、おまえ、個人的に草野を知っているのか？」

「はい。ウサギのコクシジウム感染についての集いに参加したとき……」

「そんな集いがあるのか。行きたくないな」

「ペットのウサギにとってコクシジウムなどの寄生虫感染は大問題ですから」

「とにかく、そこで草野と会ったわけだ」

「はい。とても興味深い話が聞けたので、何度か、ここに来たこともあるんです」

「なるほど。それなら話が早い。さっそく、草野氏に面会と行こうじゃないか」

「嫌ですよぉ。私、顔はあまり気にしません」

「面食いじゃない」

「ラーメン！」

「それは麺《めん》食い！　この前の仕事の帰り、おごってやっただろう」

「あれ以来、ラーメン大好きで、毎日、食べているんですよぉ。今日も帰りにどうですか？」

「いいな。この辺りには美味《うま》い店が……ダメだ！　ここでの面食いが終わってからだ」

「面会！」

「うるさい！」

「店先では静かにしてもらえませんかね」

エプロンをつけた店員が、須藤たちを睨んでいた。客たちも不審げな目で、須藤たちを遠巻きにしている。

須藤は店員に謝罪し、来意を告げた後、薄に言った。

「おまえのせいだぞ」

「人間の言葉って、難しいですねぇ」

「勉強あるのみだ」

「はーい」

「薄さん！」

店の奥から、四十代半ばのすらりとした男性が現れた。グレーのボタンダウンシャツに、黒のパンツ、それにブラウンの胸当てエプロンをつけている。この季節にしては日に焼けており、飾らないにこやかな笑みはどこか少年のような輝きを持っていた。

「いやあ、久しぶりですねぇ」

周りにいた女性客がにわかにざわつき始めた。彼女たちの中には、いわゆる「イケメン店長」目当てでここに来た者もいるのだろう。休憩中であるはずの店長が中から飛びだしてきて、制服姿の女性警官を迎える。気になって当然だ。

そんな雰囲気の急変を知ってか知らずか、草野は須藤に目を移す。須藤は人目につかぬよう体で隠しながら、身分証を見せる。

「公園の件で、お話をうかがいたいのですが」

草野はあっさりとうなずくと、ついてくるように言った。

草野の後を歩きながら、店内の様子を確認する。入り口近くには、インコやオウム、ウサギが、中ほどにはペット飼育用のツールや餌が並ぶ。ウサギ用の草やオウム用のオモチャなど、かつて事件捜査で見たものが多くあった。店の奥は熱帯魚のコーナーになっていた。ブルーやオレンジ、名前は判らないが、色鮮やかな魚たちが水槽の中を泳いでいる。エンゼルフィッシュはさすがの須藤にも判った。そして、薄いカーテンを隔てた向かい側には、さきほどまで眼前を泳ぎ回っていた、ピラニア・ナッテリーの姿もある。

「犬や猫はいないんですな」

須藤は言った。前を行く草野は、後ろを振り返りつつ、うれしそうに言った。

「ええ。取り扱いはしていないんです。日本のペット事情には正直、問題が多い。特に、ブームとなった犬、猫は酷《ひど》い。悪質なブリーダーや捨て犬、捨て猫、殺処分の問題もありますね」

草野はいつのまにか足を止め、須藤に向かって熱弁を振るい始めた。

「これは私見ですが、やはり、ショップの店頭で幼犬を展示販売するのが良くない。そこがすべての出発点なんですよ。そこを変えれば、悪質な業者はいなくなり、捨て犬などの数も減る。犬や猫はある程度の年齢になったものだけに限り、シェルターなども充実させ、定期的に譲渡会を開いてですね……」

「あの……」

須藤は草野の眼前に手をかざし、言った。

「その辺りのことは、我々も理解しています。今は、人目のないところで、お話をうかがいたい」

草野の弁を聞こうと、須藤の後ろには、客たちの輪ができていた。

我に返った草野は顔を赤くし、言った。

「申し訳ない。ああ、またやってしまった。動物のことになると、つい……。お恥ずかしい」

「恥ずかしがることなんかありませんよ。うちには、もっと酷いのが一人いる」

薄がポカンとした顔で言った。

「それ、誰のことですか？」

「おまえだよ！」

草野は客たちに向かって丁寧な礼をすると、スタッフオンリーと書かれたドアを開く。

「狭くて申し訳ないんですが」

そこはスタッフたちの休憩室のようだった。小会議室ほどの広さで、会議用のテーブルが二つに、椅子が数脚、テーブルには電気ポットやコーヒーメーカーが置いてある。室内にはほんのりと、カップラーメンの香りが漂っていた。草野の昼食だろうか。

「ああ、コーヒーも空だ。ごめんなさい、水もだせないで」

「いえ、お気遣いなく。店は店舗とこの部屋だけですか？」

「いえ。実はもう一つ出入り口がありまして、それが裏の倉庫に通じています。搬入口もそっちになってまして、餌や機材の在庫はそこに収めています。小さいながら、動物の世話をするスペースも設けてあるので、日によっては、小動物園みたいになりますよ」

「それにしても、このような立地に、ペットショップとは」

「ええ。店は祖父の代から続いているものなんです。昔は犬、猫、野鳥などを置いて賑《にぎ》わっていたのですが、この辺りもすっかり変わってしまって。経営的に苦しく、店を閉めようかという時期もあったんですけどね」

あの公園と同じだ。先にあったものが、後から来たものに押しつぶされる。時代の変化というのは、冷酷だな、と須藤は思う。

　草野は壁の時計に目を走らせると、パソコンをスリープさせる。

「申し訳ないのですが、休み時間は限られていまして。えっと、ご用件は公園のピラニアのことですよね。その件なら、警察の方に何度も説明しましたけれど」

「はい。その報告書には、目を通しています」

　嘘《うそ》も方便。心の中で頭を下げる。

「既にご存知かと思いますが、川田さんの事件がありまして……」

「そう、ちょっと信じられないのですが、どういうことなんでしょう？　事故か何か？」

「申し訳ありません、捜査上のことなので、これ以上は」

　一方的に情報を寄越せと言っているわけだが、草野は気を悪くした様子もなく、うなずいた。

「判りました。状況から話しますと、ピラニアを見つけたのは、今から二週間前の朝です。たまたま散歩をしていて……」

「失礼ですが、お住まいはどちらですか？」

「ここです。店の上が住居になっています。今は一人暮らしなので、実際、オンとオフの区別もつかなくなっていますけれど」

「ここから江東区中央公園までは、かなり距離があります。散歩というには……」

「失礼。自転車で隅田川《すみだがわ》沿いを走るのが日課なんです。行き先は日によって違いますけれど、大抵、どこかの公園まで行って一服し、戻ってきます」

「その日は、たまたま江東区中央公園だったと」

「はい。公園に行っても、職業柄、すぐ動物に目がいってしまうんです。木々の鳥とか、池の中の生き物とか」

ポンと薄が手を打ち鳴らす。

「それ、判ります。公園って、いろいろな生物がいて、楽しいですよね。特に鳥！メジロにツグミ、モズにアカゲラ」

「いやまったくです。時間の経つのを忘れてしまう。僕は水辺の鳥たちが好きでしてね。マガモはもちろん、オシドリやサギなんかも……」

「あー、お二人さん、盛り上がっているところ悪いんだが、ここにいる三人は全員、仕事中の身だ。要点をしぼって進めていこうじゃないか」

草野はまたも頬を赤らめ、乗りだし気味であった上体を引いた。薄は「はーい」とやや不満げに返事しただけである。

須藤はあらためて尋ねる。

「その散歩中、池の中を見て、ピラニアに気づいた。そういうことですね？」

「はい。ひと目見れば判りますから、びっくり仰天して。慌てて警察に通報しました。ただ話しても理解してくれなくてですね、時間がかかってしまいました。やってきた警察官に、画像を見せて、やっとのことで、これは大変だってことに」

「そのピラニアを回収したのも、あなた？」

「はい。そのままにしておくことはできませんから、店に取って返して、ゴム手袋などを用意して、公園に戻りました。ピラニアは十四でしたが、回収自体は大変ではなく、ものの十分ほどで終わりましたけれど」

「それにしても、ただのイタズラにしては、悪質だ。子供も来る公園にピラニアとは」

「はい。それでマスコミも飛びついてきたんです。僕のところにもいっぱい、取材が来て……」

「ちなみに、回収したピラニアはどうしたんです？」

「警察の方から、僕の方で預かってくれとのことでした」

なるほど。草野がいたため、須藤たち動植物管理係には連絡がこなかったのか。

「そのピラニアは、今もここに？」

そこまでよどみなく答えていた草野の口が、突然、重くなった。

「とりあえず、警察からお預かりするという形で、この店で世話をしていました。ただ……」

「ただ、何です？」

「数日して、警察から連絡があり、ピラニアは処分してもらって構わないと。捜査には役に立たないから、なんでしょうね」

草野は寂しそうに笑う。

「ということは、もう処分してしまったのですか？」

「とんでもない。そんなことできるわけがないです。ただ、どういう経緯でピラニアがあの池に放されたのか判りませんけれど、かなり劣悪な環境下にあったのは、間違いありません。共食いの痕《あと》もあり、ヒレがなくなっているものや、酷い個体になると、目もやられていて。とても売り物にはなりません。その一方で、マスコミからはそのピラニアをゆずってくれだの、貸してくれだの一方的な連絡が山のように来て――」

「それはそうでしょうなぁ。面白おかしく報道するのが、マスコミの使命のようなものだ。ピラニアの画《え》は何としても欲しいところでしょうから」

「すべて断りました。ただでさえ、ピラニアは弱っている。カメラのフラッシュや強烈なライトに照らされ、多くの人の前に引っぱりだされたら、ひとたまりもないでしょうから」

須藤は素直に感心した。今時、なかなかできることではない。

「その代わり、僕本人が取材に応じて、提供できる限りの情報を渡しました。それでも、ネットにはあることないこと書かれるし、ディレクターや記者には恫喝《どうかつ》まがいのことを言われるし、しんどかったですけどね」

薄がさっと手を挙げて、言った。

「でも、その態度が好感を呼んで、お店にはお客さんがいっぱい来たんですよね」

「正直、驚いていますよ。実はこの三日ほど、取材やテレビ出演で缶詰状態になっていまして、ほとんど店に出られなかったのですよ。昨夜も急な取材で呼びだされ、深夜に解放されたばかりなんです。久しぶりに店に出たら出たで、お客さんにサインを求められたりして、何だか、一瞬で人生が変わってしまったようで……」

「たしかに、すごい賑わいですな」

「ピラニアを飼いたいという人も増えたんです。それが何よりうれしいですね」

草野の目は純真な少年のように、キラキラと光り輝いている。やや毛色は違うが、こいつ、薄と同類なんだな。

「では草野さん、回収したピラニアというのを、見せてもらいたいのですが」

ここでまた、草野の口調に陰りが見えた。

「えっと……そのぅ……」

「処分はしなかった。マスコミなどに渡すこともしなかった。では、ピラニアはどこに？」

「ええっと、それが、そのぅ……」

何やら雲行きが怪しくなってきた。

「草野さん？」

「実は、もうここにはいないんです。全部無事だと聞いてはいたんですが」

「聞いてはいた？　ピラニアは誰か第三者に売ったということですか？」

「いいえ、売ってはおりません。どうしても欲しいと言う方がいたので、差し上げました。現実問題として、売り物にならないピラニアを、自費で管理するのは、難しいので」

須藤は薄と目を合わせる。どうやら、薄も同じ結論に達しているようだった。

「ピラニアの行き先は、川田氏ですか？」

「はい。一週間ほど前、引き取りたいという申し出がありまして」

「川田氏は、こちらのお得意でもあるわけですね？」

「長いお付き合いになります。もう三十年以上前になりますか。当時は私の父が店を切り盛りしていました。川田さんに初めてピラニアをお売りしたのも、父なんですよ。それ以来になります」

そのとき、薄がするりと須藤の前に出て、尋ねた。

「川田さんがピラニアを飼い始めた理由は何なんでしょうか？」

草野はきょとんとした顔で、薄を見返す。

「理由？　さあねぇ。おぼろげな記憶しかないけど……」

「ボロボロの記憶じゃあ、聞いてもダメですね」

須藤は薄の口を手で塞ぎたい衝動にかられつつ、気にせず続けるよう、草野を促《うなが》した。

「理由は判りませんが、最初は定石通り、ナッテリーから始めたようです。ただ、三十年前だから、状況は大分、違ったと思います。苦労されたと思いますよ」

薄はどこか遠くを見つめるような顔で、うなずいた。

「ナッテリーから始めて、ピラニアにのめりこんだ」

「愛好家の多くがそうなんじゃないですか。川田さんは、本当にピラニアを愛していましたから」

「はい。さきほどご自宅を見てきましたが、機材から餌の管理まで、ほぼ完璧《かんぺき》でした。愛がないと、あそこまではなかなかできません」

「水槽から消耗品まで、すべてうちで購入していただいたんです。もちろん、ピラニアもね。ナッテリーをのぞけば、最後に買っていただいたのは、ブラック・ピラニアですね。二年前だったと思います」

「そうですか」

「実は、川田さん自慢のピラニアを、僕は見たことがないのですよ。川田さんはお客様ですから、あまり個人的なお願いをすることも憚《はばか》られましてね。ああ、まさか、こんなことになるなんて……」

薄はいったんうなずくと、また須藤の背後に戻った。時刻はもうすぐ一時になる。急がねば。

「もう少しだけ、お付き合い下さい。公園のピラニアの件、近隣住人の諍いが原因であったことは、ご承知ですね？」

「ええ。報道もされていますから。ただ、犯人については、まだ判っていないと」

「草野さんはどのようにお考えですか？」

「といいますと？」

「率直にうかがいます。川田氏が犯人である可能性は？」

草野は驚きも怒りもせず、ただ小さくため息をついただけだった。彼自身が、何度もこの可能性について考えたことを物語っている。

「判りません。ただ、川田さんが公園の騒音についてぼやいていたのは、事実です。子供の声でピラニアが驚くことがあるって。でも、それとこれとは……」

「しかし、公園の池にピラニアが放され、すぐ傍に住む川田氏がピラニアを飼っていた。これは偶然では片づけられない。あなたもその可能性には気づいていたはずだ」

「ええ、それはまぁ……」

「しかし、警察に報告をしていない」

「それは当然でしょう。私は川田さんの人柄を信じています。それに、具体的な証拠は何もないんです。何の根拠もないのに、お客様の個人情報に関わることを警察に言うなんて、僕にはできません。たとえそれが、法律に触れるとしてもです」

「これは念のためにおききするのですが、騒動前、川田氏がナッテリーを購入した事実はないのですね？」

「むろんです。あればさすがに報告しています。ただ、ご承知の通り、ナッテリーの入手はそれほど難しくない。うちでなくとも、いくらでも買えますよ。警察はピラニアの入手経路を当たっているようでしたが、簡単には掴めないでしょう。日本中のペットショップをくまなく当たるのであれば、別ですが」

所轄がそこまでの熱意をもって捜査するかは、疑問だった。騒動は報道などを通じて人々の耳目《じもく》をひいてはいるが、けが人は出ていないし、具体的な脅迫、金品の要求などがあったわけでもない。通常であれば、公園のパトロールを強化するくらいが、せいぜいだろう。

草野はこちらの顔色をうかがいつつ、きいてきた。

「あのぅ、どうしていまごろ、こんなことを？　ピラニアが川田さんが亡くなったことに関係しているんですか？　もしかして、川田さん……」

「いえ、今の時点ではなんとも。我々はあくまでピラニア騒動で動いておりますので」

午後一時丁度になった。そろそろ引き上げ時だ。

「あの、最後にもう一つ！」

薄が須藤の背後から顔だけだし、言った。

「何でしょう？」

草野は穏やかな笑みで答える。薄に対して、一般人と変わらぬ接し方をするこの男、やはり同類故の親近感なのか。

「川田さんですが、ピラニアでケガをしませんでしたか？」

草野の表情がわずかに動いた。

「よく判りますね。父の話によれば、ナッテリーを飼い始めてすぐのころ、右親指と中指の先を酷く囓られたとかで。指先が今でも大きな傷になっていました」

「そうですか」

礼も言わず、薄は須藤の後ろにひっこむ。

そんな様子を見て、草野は笑った。

「お二人を見ていると、イソギンチャクとクマノミを思いだすなぁ」

「その場合、イソギンチャクが須藤さんですね」

「もちろん」

「イソギンチャクには毒があるし、それに、無性生殖で増えるんですよぉ。あ、有性生殖のものもあることはあって……」

須藤は薄の頭を軽くはたく。

「生殖はどうでもいいだろう。セクハラだぞ」

草野は脇で一人、腹を抱えて笑っている。

「草野さん、私の方からもう一つだけ。川田氏のピラニアですが、飼育に関するアドバイスをされたことはないですか？」

「僕が店を継いだとき、川田さんはもうベテランの飼育者でしたから、僕から何かアドバイスしたことはないですね。ですから、どんなタイムスケジュールで世話をしていたのかとか、そういう詳しいことはよく判らないんです」

「なるほど。判りました」

須藤は礼をして休憩室を出た。店内は相変わらずの混雑ぶりで、レジにはちょっとした行列までできていた。草野との関係を探る容赦ない視線にさらされ、逃げるように表へと出た。

携帯を確認すると、石松からの連絡が二度入っている。人目のないことを確認し、かけた。

「日塔のヤツ、所轄から徹底的に嫌われているみたいだな。まったく情報が出てこない」

「あいつのせいばかりでもないだろう。立場上、ピラニア騒動の情報をすべて吸い上げる格好になるからな。ここまで捜査してきた所轄の人間にしてみれば、憤懣《ふんまん》やるかたなしってとこだろうよ」

「おまえ、総務課に行ってから、物わかりがよくなったな。所轄なんざこっちの手《て》駒《ごま》、好きに使わせてもらう、そう豪語していたのは、どこの誰だったかな」

「頭に弾丸を叩きこまれれば、人間も変わるさ。で、頂戴《ちょうだい》できる情報はなしか？」

「見くびるな。断られて素直に帰ってくる石松様じゃねえ。あの公園の周りは、ほとんどがマンションだが、町内会というのか自治会のようなものは存在する。その中に江東区中央会というのがあって、そこには、マンションの理事たちがほぼ全員、参加しているんだ」

「自治会というと、子供たちの登下校を見守ったり、掃除したりする、あれか？」

「まあそんなものだ。公園内の掃除やパトロールも自主的にやっているらしい。その会の会長と連絡がついた。例のピラニア騒動には、立場上、かなり詳しい。話してみたらどうかと思ってな」

「そいつは助かる」

「名前は足高信広《あしたかのぶひろ》さん。今日は一日、公園で日光浴をしていると言ってたぞ」

「了解。行ってみるとしよう」

通話を切ろうとしたとき、薄が腕に飛びついてきた。

「それ貸して下さい。石松さんと話がしたいんです」

「おまえが、石松と？　何の話をするんだ？」

「とにかく、貸して下さい」

むしり取るように携帯を取り上げると、薄は少し離れたところに移動して、コソコソと話を始めた。気にはなったが、傍に行って聞き耳をたてるなど、プライドが許さない。

通話は一分足らずで終わり、薄は携帯を差しだした。

「ありがとうございました」

「うん」

会話の中身を聞きたくてウズウズしていたが、タイミングを見計らっているうちに、大通りに出てしまった。

公園まで、歩くには遠い。しかし、またタクシーに乗るというのも……。バスを使うか。

そんなとき、須藤たちの前に一台のバンが停《と》まった。横には「ペットショップ・クサノ」の文字がある。運転席にいるのは、草野本人だ。手を振りながら、言った。

「よろしければ、お手伝いしましょうか」

五

「店の方はいいんですか？」

須藤と薄は、バンの後部座席に並んで座っている。

「午後は店番以外、予定もないので、副店長に任せて出てきてしまいました。ピラニアの件は、僕も気になっていたので」

草野は公園近くのコインパーキングにバンを入れた。動物を乗せて運転することが多いためか、安全第一、ハンドルさばきも手慣れたものだった。

公園内は、平日の昼間であるにもかかわらず、かなりの人出であった。芝生で遊ぶ子供たちとそれを見守る親たち、犬を散歩させている男性、ベンチに腰掛け、緑を楽しんでいる老夫婦、それぞれがゆっくりと流れる時を、楽しんでいた。

一方、問題の池の周囲に人気《ひとけ》はあまりない。かつては水際で遊ぶ子供たちもいたのだろうが、いまは誰もが遠巻きに池を眺めるだけだ。報道合戦は一段落したのか、周囲にレポーターやカメラマンの姿はない。

足高と思われる男性は、池に一番近いベンチに座り、持参のパン屑《くず》を、スズメにやっていた。それを狙ってハトがくると、足を踏みならし、追い払っている。

「ハトも最近は餌が減って、けっこう苦しいと思うんですけど」

薄はつぶやく。

「仕方ないだろう。都会で今や、ハトは害鳥扱いだ」

「繁殖力がありますからねぇ。でも、カラスの次はハト。人というのは、厄介な生き物ですね」

「おまえだって人間じゃないか」

「私の悩みといえば、それかもしれません。私はなぜ、人間なのか」

「そういう難しい話はもっと暇《ひま》なときにしてくれ」

草野が笑いながら言った。

「その気持ちは僕も判りますよ。池の中のピラニアを回収しながら、思いました。何で僕は人をやってるんだろうって」

同類だ。まさしく同類だ。心の中で繰り返しつつ、ベンチに座る老人の前に立つ。集まっていたスズメたちが、いっせいに飛び立っていった。

「足高さんですか？」

餌袋を膝《ひざ》に載せたまま、老人はちょっと驚いた様子で、目の前の三人を見た。

「はい。足高は私ですが、ええっと……」

背広姿の男に、制服姿の女性警官、それにペットショップのエプロンをしたままの男。何も知らなければ、不審に思うのも無理はない。須藤は身分証をだし、名乗った。

「一課の石松警部補から連絡があったと思うのですが」

「はいはい、聞いています。ただ、お二人でいらっしゃると聞いていたもので」

「こちらは、ペットショップのオーナーで草野さんです」

「お顔は存じ上げていますよ。私、あのときの現場に居合わせましてね。あなたがピラニアを鮮やかな手つきで回収して、さっそうと戻ってくるところを見ていました。最初は名乗らずに行ってしまうのかと思いましたが、警官や周囲の人に止められ、ようやく正体が知れたわけです。公園を愛する者として、いずれお礼にうかがわねばと思っておりました。こんなところで、失礼ではありますが……」

足高は立ち上がり、深々と頭を下げた。草野は照れくさそうに腰をかがめつつ、

「いやいやそんな」と口の中でモグモグやっている。

足高が腰を下ろすのを待ち、須藤は言った。

「この池のピラニア騒動について、お話をうかがいたいのですが……」

「経緯については、もう警察の方にお話ししたのですがねぇ」

「お手間を取らせて申し訳ないのですが、部署が違うものですから」

「いや別に文句を言うつもりはないのですが、そのぅ……」

足高は、木立の向こうに見える「プロテ・ハイツ」の建物を見やる。川田の部屋の周囲は、ブルーシートで完全に塞がれていた。

「近くであんなことがあったものですから、家に一人きりでいるのも恐ろしくて、ここに来て、鳥に餌をやっているような次第です」

「亡くなられた川田氏とは、面識があったのですか？」

足高は力なく首を左右に振る。

「いいえ。あのマンションのオーナーですから、一応、我々の会にも入っておられました。でも、名前だけでね。会合には一度も出てこられなかったし。ただ、会費なんかの支払いはきっちりと振りこんで下さったし、こちらとしては、何の文句もなかったのですがね」

「川田氏の自宅に入られたことは？」

「いいえ。お付き合いのある人もほとんどいなかったようだし、いったいどういう暮らしをされているのか、誰も知らなかったと思いますよ」

どうやらピラニア飼育のことは、知らないようだ。

「それで、どうなんです？　川田さんは殺されたとのことですが、犯人の目星などは？」

「申し訳ありません。詳しいことは我々にもまだ。何しろ部署が違うものですから」

「ああ……そう」

足高は「プロテ・ハイツ」から目をそらすと、鳥の餌を膝の上に載せ、ちんまりとした姿に戻った。

「えぇっと、それで、おききになりたいことというのは？」

「この池でピラニアが見つかる前、近隣住民から、公園に対する苦情が区役所に寄せられていたそうですね」

「ええ。まったく、頭の痛いことです。見てお判りの通り、公園はマンションに周囲を囲まれています。騒音問題は常にありましてね。今回問題となっているのは、子供たちの声ですが、本当はそれだけではないんです。夏は深夜、ここにたむろして大騒ぎをする若い人たちがいます。花火をしたり爆竹を鳴らす者もいる。ホームレスがやってきて、一日中、ラジオを鳴らしていたこともあります。あとは、散歩中に吠《ほ》える犬の問題です」

薄がぷっと頰を膨らませる。

「犬が吠えるのは当たり前です！」

突然口を開いた女性警察官に、足高はますます不審感を強めたようである。

「犬だけではなく、野良猫の問題もありましてね。ほら、夜中、騒いだりするでしょう？」

「それは、ネコの発情です。雌ネコが雄ネコの気を引くために鳴きます。すると、雄がそれに答える。ネコは基本的には夜行性ですから、夜中に鳴くことが多いんです。でも、これはあくまで発情ですから。仕方ないことです。ちなみに、ネコの交尾は一回十分未満ですが、何回もやるんですよねぇ。一日で十数回……」

「薄、ネコ、特に交尾については、また後でゆっくり話し合おう。足高さんも困っていらっしゃる」

女性から交尾なる言葉を連発され、老人は目を白黒させていた。少し離れたところで聞いていている草野は笑いをこらえるため、手で口を押さえている。

「失礼しました。それで、公園の騒音問題ですが……」

「まあ、いろいろあるんですけれど、実際、区役所に苦情がいったという例は、そう多くはないです。お判りと思いますが、これだけ多くの人が集まると、中にはそのぅ……ちょっと変わった方もね。それをいちいち取り上げてはおられんでしょう」

「子供の声についての苦情は、前からあったのですか？」

「我々は月に一度、会合を開いていますが、たしかに、取り上げられたことはありました。ただ、子供の声を騒音と捉えるのはどうかと私らも思っていますのでね。今はこんなんですが、私だって子供のときはあった。この歳になったからといって、子供の声がうるさいでは、世の中、回っていかんでしょう」

「それは、皆さんの一致したご意見なのですか？」

足高はさらに表情を曇《くも》らせ、人の寄りつかなくなった池を眺める。

「あんなことをしたヤツは許せないが、正直、犯人を見つけることはあきらめています。こんなことを言っては失礼だが、警察も捜査に本腰を入れているようには思えない。池に柵《さく》を設けるとか、いっそ池をなくしてしまうとか、早晩、そういった議論が出るかもしれない。ただ、幸いであったのは、今回、けが人が出なかったことです。それもこれも、早くに見つけて対処してくれた、草野さん、あなたのおかげだ。改めて、お礼を言います」

足高は立ち上がり、再び腰を折る。膝に載せていた鳥の餌がパラパラと足元に散った。

そんな足高を前にした草野には、もうさきほどまでの照れはなかった。

「僕は当然のことをしただけです。それに、何より、あんな池の中にいては、ピラニアたちが可哀想《かわいそう》だ」

「ピラニアがどのくらい増えるのか、よく知りませんが、あのまま繁殖したりしたら、もっと大事になっていたでしょう」

「ピラニア・ナッテリーの繁殖力は強いですが、あの池の中では難しかったでしょうね。そもそも、餌となる小魚などもいないし。早晩、共食いで全滅していたでしょう。たとえ生き残ったとしても、ピラニアが生息するには、日本の冬は寒すぎる。生き続けることは難しかったでしょう」

足高は救いを求めるように、須藤を見た。いくら言葉を尽くしても、話がかみ合わない。というのも、草野はピラニアの心配しかしていないからだ。

ここらが潮時だった。須藤は礼を言い、その場を離れる。足高はまた腰を下ろし、鳥の餌をまき始めた。

足早に公園を出ながら、草野が言った。

「犯人を見つけるのは、難しいようですね」

「俺はまだあきらめてはいない」

薄が言った。

「須藤さんは、川田さんを疑っているんですよね」

それを聞いた草野は首を傾げる。

「いや、だからそれはないと思いますよ。そんなことをする人とは思えないですから」

「人は見かけによらないものだ。俺には、川田氏がピラニアを引き取ったことがどうしても引っかかるんだ。そこに何らかの意図があったんじゃないか？　例えば、自分が池にピラニアを放した証拠が残っていたとか」

薄がブルブルと首を左右に振る。

「それはないと思います。これがサメとか、もっと大きな肉食魚だったら、お腹の中に何か入っている可能性もありますけど」

「薄、おまえはあの部屋でナッテリーをよく観察したよな。どうだった？　気づかなかったか？」

「あそこでも言いましたけど、気づいたのは、あまり飼育状態がよくなかったことです。それも、あの池に長時間、放されていたのであれば理解できます。それ以上のことは何も判りません。それより私が気になるのは、川田さんとピラニアの出会いです」

「おまえ、さっきもそんなことを言ってたよな」

「川田さんの部屋を見ていて思ったんです。たしかに、彼はピラニアを愛していた。でも、そのきっかけを示すものが何もないんです」

「きっかけを示すもの？」

「あの家には、歴代の魚たちの写真も、熱帯魚の専門雑誌のバックナンバーも、使わなくなった水槽も、何もありませんでした。すべてがきちんと整頓《せいとん》され管理されていた。どうもピンとこないんです。長く飼っていれば、その人の部屋には痕跡《こんせき》が残ります。それが、飼い主とペットの歴史を物語るんです。でもそういうものが何もない。いったいなぜ、川田さんがピラニアを愛し、飼い続けていたのか、見えてこないんです」

草野がポカンと口を開き、薄を見つめた。

「いやあ、さすが、警察の人だなぁ。そんなこと、考えたこともなかった。でも言われる通りではありますね。水槽とか鳥カゴとか、使わなくなっても、なかなか捨てられなかったり」

　須藤は公園の北側に向かって歩きながら、言った。

「いずれにせよ、八方塞がりだ。どうにもならん」

「鉄ならどうです？」

「何？」

「金だったら？」

「鉱物は関係ないだろう」

「ラーメン」

「好物じゃない！　……そういえば、腹が減ったな」

「ラーメン、ご馳走してくれる約束ですよ」

「いや、後だ、後！」

　須藤はさらに足を速め、角を曲がったところで、足を止めた。

「草野さん、こんなところで何なんだが、折入って話がある」

　あらたまった物言いに、草野はかえって警戒心を募らせたようだった。

「な、何でしょうか」

「いや、ご心配なく。あなたを尋問したり、逮捕したりっていうんじゃない。あなたの人柄や行動力、知識を見こんで、捜査に協力して欲しいのです」

「それは、どういう意味です？」

須藤は自分たちの立場を明らかにし、動植物管理係について話した。

「警視庁にそんな部署が!?　この仕事を長くやっていますが、初めて聞きましたよ」

「川田氏が飼育していたピラニアも、そんな理由で、我々が管理することになります」

「なるほど。その過程で、ピラニア騒動のことも……？」

「ええ。おかげで、ピラニア・ナッテリーがどこから来たのか、突き止めることができました」

「そうでしたか。いや、何も知らず、いろいろと出しゃばった真似をしてしまいました。お恥ずかしい」

「いえ、むしろ逆です。あなたの協力があったおかげで、何とか前に進むことができている」

「それにしても、参ったなぁ。このタイミングで、どうしてそのことを僕に？」

「前に進んだとはいえ、捜査は暗礁《あんしょう》に乗り上げた状態です」

薄が須藤の脇で、明るく言う。

「そう、鮟鱇《あんこう》に海苔《のり》をまいて揚げるんです。美味しいですよぉ」

「暗礁だ！　誰が食い物の話をしているんだ!?　しかし、鮟鱇の海苔揚げ、ちょっと美味そうだな」

「でしょう？　あ、だけど、揚げ方が難しいかなぁ」

「酒のつまみには……いや、草野さん、誠に失礼しました。えーっと、そんな感じで、捜査は海苔を巻いております。より詳細な情報が欲しい。どうです？　協力をお願いできますか？」

それでも、草野は警戒心を解いてはいなかった。当然といえば当然だ。

「でも僕は、一介のペットショップの経営者ですよ。たしかに、動物のことは好きだし……」

薄が草野の右手を握った。電光石火の早業に、草野は手を引くことすらできなかった。

「動物が好き。それだけで充分です。何も心配いりませんよぉ」

薄に右手を握られ、ブンブンと上下に振られながら、草野は泣きそうな顔で言った。

「充分じゃありません。僕には大事な店があるんです。お客様の個人情報とか、漏《も》らしてはいけないこともあるんです」

頃合いと判断して、須藤は言った。

「戸村滋之、ご存知ありませんか？」

やっとのことで薄の手を振り切った草野は、「戸村さん？」と口走った。

「ほほう、その様子をみると、ご存知のようですね」

「い、いや、僕はその……」

「戸村氏は現在、警察の取り調べを受けている。川田氏殺害容疑でね」

「な、何ですって!?　そんな……まさか。たしかに、ジャイアントイエローの件で揉めてはいましたけど」

「動機があり、アリバイもない」

「しかし、僕には信じられない。戸村さんはいろいろと問題のある人だけれど、まさか人殺しなんて……」

「そう思うのであれば、我々に情報を提供してくれませんか」

須藤は無言のままで待った。さすがの薄も、今回ばかりは口を閉じ、須藤の背後で大人しくしている。

草野は思っていたより早くうなずいた。

「おっしゃる通り、戸村さんも、僕の店の大切なお客様でした。ただ、川田さんと違って、お付き合いは浅いです。三年ほど前に、里親探しサイトでイエローを入手されたのですが、実際のところピラニア飼育の経験も知識もほとんど持ち合わせておられませんでした。ただ、飼いたいという欲求だけがあって、ピラニアを入手されたのです。そのような人にピラニアを託す里親探しサイトというのもずいぶんだと思いましたが、それはまた別の問題です。戸村さんはうちの店に相談に来られました。いろいろと思うところはありましたが、ここで僕が何もしなければ、ピラニアは死んでしまいます。採算度外視で、アドバイスをしました。飼育機材や餌もすべてこちらで揃え――もちろん、その分の代金はきちんと支払って下さいましたが――とにかく、ピラニアは何とか持ち直し、その後、幸いなことに戸村さんもきちんと世話を継続して下さいまして……」

「戸村氏と川田氏は友人同士だったそうですが」

「はい。僕の店で出会われたのです。川田さんは、あまり人付き合いを好まない、口数も少ない方でした。一方、戸村さんはよく言えば明るい兄貴肌の人で、誰とでも仲良くなれる。悪く言えば、空気がまったく読めないタイプです」

「そんな二人がなぜ？」

「むろん、ピラニアですよ。何度か店で顔を合わすうち、戸村さんが一方的に話しかけるようになりました。川田さんの方はただ相づちを打つだけなんですが、だからといって、戸村さんを遠ざけようとか、避ける様子もない。不思議な友人関係でした」

「しかし、二人は最近揉めていたとか」

「ええ。イエローの件で手酷くやり合いました。やり合ったといっても、戸村さんが一方的に腹をたてていただけなんです。僕も何度か直接、それもかなりきつく言ったんです。川田さんに対しても、それとなく仲裁めいたことをしました。そのせいかどうかは判りませんが、関係は大分、よくなりつつある……と思っていたのですが」

「警察はそう見てはいません。ピラニアを巡る諍いが殺人へと発展した、そういうシナリオを作りあげています」

「そんな。いくらピラニアを愛しているからって……」

「草野さん、我々は今まで、そのまさかという人をたくさん見てきたんですよ」

「では、須藤さんたちも、川田さんを殺したのは戸村さんだと?」

「何とも言えません。先も言ったように、今回の捜査は現在、膠着状態なんですよ」

「捜査について僕は素人ですから、これ以上、何も言えませんが……何ともショックです。突然、友人を二人も失うなんて」

須藤は笑って、草野の肩を叩いた。

「残念ながら、我々はそんなにあきらめがよくない。私も薄も、まだ引っかかる点がいくつか残っているのですよ。特にピラニア騒動の方にね」

「待って下さい。川田さんの殺人とピラニア騒動は別々の事件なんですよね」

「表向きはね。我々はこの二つに、何らかの関係があると見ている」

「そんな……」

「ついては、現場百回ではないが、もう一度、川田氏の部屋に戻ろうと思うのです。そこにあなたも来ていただきたい。我々二人とはまた違った見方ができるかもしれない」

草野の顔色が変わった。

「それって、つまり、川田さんの殺害現場に入るということですか？」

「そうです。ですが、むろん、遺体などは片づけてあります」

薄が言った。

「ピラニアがいますよ！　すごいんですよぉ」

信じられないことだが、薄の一言で、草野の心は決まったようだった。

「判りました。ご一緒します。僕のところからいったナッテリーたちがどうなっているのかも、気になりますし」

「決まりだ。よし、一度、『プロテ・ハイツ』に戻るぞ」

六

「プロテ・ハイツ」周辺は、やや落ち着きを取り戻しているようにみえた。建物前に駐まる警察関係車両の数も減っていたし、出入りする捜査員たちの表情からも、緊迫感が薄れつつあった。

須藤は立ち番の警官に敬礼し、中に入る。薄、草野も後に続いたが、警官は何も言わない。

目で芦部の姿を探す。丁度、川田の玄関前で深々とため息をついているところだった。

気配に顔を上げ、須藤たちを認めた芦部は、ピョコンと飛び上がった。

「出た！」

「人を化け物みたいに言うんじゃない。現場をもう一度、見せてもらう」

「え？　い、いや、それは……」

「俺たちの任務はピラニアの世話だ。ピラニアのいる部屋に入って、何が悪い」

「でも、あそこは殺害現場でありまして……」

「それはたまたまだ。ピラニアのいる部屋が殺害現場になっただけのことだ」

「いや……それは逆なんじゃ……」

「ごちゃごちゃ言ってんじゃねえ！　通るぞ」

芦部のひょろりとした体を押しのけ、玄関ドアを開けた。芦部はそれ以上、何も言わず、黙って草野の後からついてくる。

廊下を進み、再び、ピラニアたちと対面した。カーテンは閉まったまま、照明も落ちているため、室内は薄暗い。さっそく水槽のチェックを始める薄と対照的に、草野はおっかなびっくりといった様子で、いまだ戸口で立ち尽くしている。

「草野さん、大丈夫ですよ。ここにいるのは、我々とピラニアだけですから」

「はぁ……」

そんな草野であったが、ピラニアたちを見るや、目に輝きが戻ってきた。

「おおっ、これは見事だ」

まずは、正面にあるナッテリーの大水槽に近寄る。

「あのナッテリーたちだ。こんなふうに飼ってもらえるなんて、良かったなぁ」

水槽の前で、魚に語りかけている。

ジャイアントイエローの前にいた薄が、言った。

「餌も小赤とクリルをしっかり与えていたみたいで、見事な赤色が出てますよ」

「本当だ。でも、ちょっと暗いな」

須藤は言った。

「これは気がつかなかった。カーテンを開けましょう」

草野はナッテリーたちに心奪われた様子で言った。

「いや、今日は曇りだし、ガラスにヒビも入っているし、照明をつけた方がいいでしょう」

「なるほど」

須藤は壁のスイッチを操作し、天井の照明をつけた。

「ところで芦部、いま草野さんが言ったこと、聞いたな」

「え？　ええ」

「復唱してみろ」

「はぁ？　えっと……今日は曇りだし、ガラスにヒビも入っているし、照明をつけた方がいいでしょう。あってます？」

「ばっちりだ」

草野はきょとんとした表情で、須藤と芦部を見る。

「あ、あのぅ、何のことですか？　僕、何か変なこと言いました？」

「ああ、言ったさ。薄！」

「はーい」

薄が駆け寄り、カーテンを開ける。無残にヒビ割れたガラスが姿を見せる。

「草野さん、あんた、この部屋に入ったことはないと言ったね」

「え、ええ」

「そいつは嘘だな」

「はぁ？」

「あんたなぜ、窓ガラスにヒビが入っていることを知っていた？」

草野は平静を装いつつ、ちらりと窓を見上げる。

「なぜって、ここに入ってきたとき……」

「そんなはずはない。カーテンはちゃんと閉まっていた。あんたは、薄が開ける前に、ヒビのことを口にした」

「あ、あの、意味がよく判らないんですが、ヒビのことにどんな意味があるんです？」

「意味を聞きたいのか？　なら言ってやる。川田氏を殺したのは、草野、おまえだ」

「ええ？」

叫んだのは、草野本人ではなく、戸口で聞き耳をたてていた芦部である。

「それ、どういうことですか？」

「薄、説明してやれ」

「えぇ？　私、ピラニアを見るので忙しい……」

「やれよ！　仕事だぞ」

「しぶしぶ」

「解決したら、いくらでもピラニアと一緒にいられるぞ」

「はぁい。えっと、ピラニアが気になるので、簡単に。公園の池にピラニアを放したのは、草野さんですよね。それを、川田さんに見られたと思った。それで、川田さんを殺した。以上」

芦部が駄々《だだ》っ子のように手足をばたつかせ言った。

「以上って、説明が簡単すぎますよぉ」

「それには、僕も同意するよ」

腕組みをした草野が言った。落ち着きを取り戻し、営業時に浮かべる爽やかなスマイルで、須藤と薄を見つめている。

「薄さんはいま、とんでもないことを言いましたよね。僕が池にピラニアを放した？　いったい、何を根拠にそんなメチャクチャを」

薄はけろりとした顔で言う。

「根拠ならありますよ。足高さんの証言の中に」

「足高って、あの自治会長？」

「足高さんは、あなたが池のピラニアを回収したところを見ていました。あなたは、『ピラニアを鮮やかな手つきで回収して、さっそうと戻って』きた。そして、『名乗らずに行って』しまいそうになったところを、『周囲の人に止められ』た。間違いありませんか？」

「自分自身のことはよく覚えていないが、見ていた人がそう言うんだから、間違いないだろう」

「どうして、池のピラニアが十四だと判ったんですか？」

「あん？」

「あなたは十四回収したところで、さっそうと戻ってきて、すぐに立ち去ろうとした。どうして、自分が回収した分ですべてだと判ったんです？　あの池はそこそこの広さがあり、ピラニアが身を隠せる場所もある。もし私があなたの立場なら、池の中を徹底的に浚《さら》うまで、その場を離れたりしませんよ。犯人がピラニアを何匹放したのか判らないんですから。でもあなたは、そうしなかった。あなたは、初めから、池のピラニアが十匹だと知っていたんです。なぜか。あなた自身が池にピラニアを放ったからです」

草野は引きつった笑みを張りつかせ、言った。

「僕は君よりも公園の池についてよく知っている。しょっちゅう、散歩していたからね。だから、ピラニアが隠れそうな場所もすぐに判ったんだ。足高さんにはさっそうとしているように見えたかもしれないが、僕なりに充分精査して、確信があったから引き上げたんだ。君の言っていることはただの理屈だよ。それに、ここは肝心なところだが、どうして僕がピラニアを池に放たねばならない？　僕の家は公園から離れている。公園で遊ぶ子供の声なんて、届かないよ」

「苦情を区役所に言ったのも、あなたです。ですが、苦情の内容なんて、実は何でもよかった。犬の糞《ふん》でも、野良猫でも。犬の糞といえば、糞を始末しない飼い主の何割かは……」

「薄、糞のことは後だ」

「では、野良猫の増加に対する……」

「野良猫も後」

「じゃあ、何について話せばいいんです？」

「事件についてだよ！　おまえ、いま、そのことについて話していたんじゃないのか？」

「ああ、そうか……えっと、そう！　苦情！　ピラニアの件と結びつけて考えられれば、何でもよかったんです」

草野は眉《まゆ》をひそめる。

「ピラニア放流は公園の騒音が動機ではない？　では、何なんだ？」

「あなたの店の集客ですよ。あなたは公園を救ったペットショップのオーナーとしてテレビに引っ張り……イカ、タイ、サンマ、イワシ、アジ……タコ！　引っ張りだこ、店にはお客が押し寄せた」

「今の発言は充分に名誉毀損《きそん》だぞ」

「メイ・ヨキソンって誰です？　フランス人？」

「おっと、その手は食わないぞ。妙なことを言って、僕から失言を誘おうなんて

「……」

「あなたと湿原になんて誘われたって行きませんよ。行くなら、一人で行きます。いま行きたいのは、成東《なるとう》・東金《とうがね》食虫植物群落。モウセンゴケなどの食虫植物が自生しているんですよぉ」

「黙れ！　まったく気味の悪い女だな。とにかく、この件については、断固、抗議する。君の上司にも報告する」

須藤は草野の前に立つ。

「手間をはぶいてやろう。薄の上司は俺だ。それから、今、俺のただ一人の部下を『気味の悪い女』と言ったな。殺人犯のクズ野郎に、そんなことを言う資格はないぞ」

草野の顔が醜く歪《ゆが》み、須藤を睨みつけた。激しく相手を威嚇《いかく》するアライグマのようだった。人間、こうも簡単に本性を表すものなのかと、悲しくなる。

「確たる証拠もないのに、人を殺人犯扱いか。こんなのは、言いがかりだ」

薄が言った。

「言いがかりじゃありません。段階を踏んで考えた結果です。まず最初の疑問は、なぜ犯行現場が、ここだったのかでした。川田さんはピラニア飼育のことをなぜか、誰にも内緒にしていました。にもかかわらず、川田さんはこのピラニア部屋で殺された。犯人はどうやって、ここまで入ってきたのでしょう？」

「むりやり、押し入ったのか……」

「玄関からここまで、争った形跡は皆無です」

「ならば、川田自身が案内したのだろう。勾留《こうりゅう》されている戸村、まさにぴったりじゃないか。ヤツなら、川田のピラニアの件も知っていた。仲直りの印として部屋を見せる」

「でも、仲直りしたのだとすれば、殺す必要はないでしょう？」

「……では、仲直りしたという証言が嘘なんだ」

「仲直りせず、喧嘩状態のまま家を訪ねてきても、川田さんは戸村さんをピラニア部屋には入れなかったでしょう。説明がつきません」

「二人は仲直りしたのだよ。それで、ここに来た。ところが、ここで突然諍いが再燃したのだ。かっとした戸村は、川田を殺害する」

そこで芦部が言った。

「それが一番、筋が通っています。部屋からは戸村氏の指紋も採取されていますしねえ」

須藤が首を左右に振りながら応える。

「それは、遺体発見時についたものだろう」
「その可能性もあります。ただいずれにせよ、草野さんの指紋は見つかっていません
し……」
薄が言った。
「手袋をしていたんですよ」
芦部がみけんにしわを寄せ、つぶやいた。
「そうですかねぇ。人の家に入るとき、寒くもないのに手袋をしたままというのは、
不審を抱かれるでしょう」
「まさにそこです。草野さんは、ペットショップの人です。ピラニアを扱うのに手袋
をはめていてもおかしくはないでしょう？」
「あ……」
「草野さんは動機があり、指紋を残さないため、手袋をはめたまま部屋に入っても怪
しまれない人物です。戸村さんも容疑者ですが、私たちにとっては、草野さんも容疑
者の一人に入ります」
草野が叫んだ。
「動機はでっち上げだ。僕はピラニア放流とは無関係だ。残りもすべて戯《ざ》れ言《ごと》、状況

証拠にすらなりはしない」

　声を張り上げる草野に対し、須藤は言った。

「証拠云々《うんぬん》の議論をする前に、さっきの答えをまだ聞いていなかったな。おまえ、なぜ、窓のヒビ割れを知っていた？」

「そんなことが、殺人の証拠と何の関係がある？」

「大ありだ。この窓ガラスは、三日前の深夜、戸村が石を投げこんだため、ヒビが入った。あんた、この部屋に来るのは初めてだと言ったな。カーテンがしてあったのに、なぜ、ヒビ割れの事実を知っていた？」

「どっかで、見たんだよ。公園を散歩しているときかもしれん」

「この窓は、植えこみが邪魔をして公園側からは見えないんだ」

　草野はいったん口を閉じ、呼吸を整えているようだった。

「実は、この部屋に来たのが初めてというのは、嘘だ」

「ほう」

「二日前の夜、川田さんに呼ばれ、ここに来たんだ」

「何と。そういうことは、早く言ってもらわないと」

「申し訳ない。何となく疑われそうな気がして……」

「で？　ここを訪ねたのはどんな用件で？」

「このナッテリーのことでしたよ。かなり傷を負った個体もいるので、その対処法などを」

「なぜ、夜に？」

「川田さんはピラニア飼育のことを隠したがった。だから、夜を選んだのだ」

「窓のヒビ割れはそのときに見たのですね？」

「ええ。酷いことをするものだと、川田さんも嘆いていました」

「あんたが二日前の夜、ここに来たのかどうか、それは、川田氏が亡くなった今となっては判らない。死人に口なしとはよく言ったものだ。しかし、あんたが窓ガラスの件で嘘をついている事実は変わらない」

「それほどまでに言うのなら、きっちりとした証拠を示せ！」

「あんたは知らないかもしれないが、公園の池の脇には、防犯カメラが設置されているんだ。例のピラニア騒動の影響でな」

「それが、何だというんだ？」

「防犯カメラの撮影範囲の中には、この部屋の窓も入っているんだよ。あんたが言った二日前の深夜、カーテンは開閉されていない。もっと言えば、ガラスにヒビが入って以降、一度もカーテンは開かれていないんだ。カーテンが開かれたのはただ一度だけ、犯行当日の午前八時丁度だ。戸村が警察に通報したのは、午前八時十三分だ。それ以降は、戸村あるいは警察関係者が現場にいて、出入りする者は克明に記録している。名簿の中にあんたの名前はなかった。つまり、あんたが窓のヒビ割れを見たのは、午前八時から十三分の間だけなんだ。あんたは、その間、この部屋にいた。いったい、何のために被害者川田氏とこの部屋にいたんだ?」

草野は顔面蒼白《そうはく》のまま、しばらく固まっていた。静寂の中、部屋には水の循環するコポコポという音だけが響いていた。

やがて、草野は不敵な笑みを浮かべた。

「そう……あんたの言う通り、僕はここにいた。しかし、川田さんを殺してはいない」

「おまえ、まだ、そんなことを?」

「僕は川田さんに呼ばれ、午前七時半にここに来た。用件はナッテリーの飼育についての相談だ。餌をやるタイミング、量などを教え、さらにナッテリーの状態を確認しようとしたが、どうにも部屋が暗い。そう言ったところ、川田さんはカーテンを開けた」

「なぜ？　照明をつければよかったのに」

「そんなこと、僕には判らない。とにかく、川田さんはカーテンを開けたんだ。そのとき、僕は窓のヒビ割れを見た。その後、指示を終え、僕は店に出るためここを辞した。八時五分くらいだったかな。戸村がやってきたのは、その直後だろう」

「あくまでも、犯行は否定するんだな」

「当然だろう。やっていないものはやっていない。第一、あんたの推理によれば、僕が犯行に要した時間はわずか五分だ。たしかに、老人一人を殺害するのには充分かもしれない。しかし、社章を水槽に沈めるなどの偽装工作までして、ここから逃げるのは容易では……」

草野ははっとした表情で、口元を押さえた。

「油断したな。水槽に沈んでいたものが、社章だったと、おまえ、なぜ知っている？今朝方回収されたばかりで、まだ報道もされていない。俺も薄も、あんたに話してはいない」

「お、おまえら、まさか、本当の狙いは……これだったのか？」

「そうだ。反論があるのなら、いくらでも聞くぞ」

草野はヒビの入ったガラスを見上げ、唇を噛む。

「負けたよ」

肩を落とし、笑った。

「動機は、やはりピラニア放流か？」

「ああ。魚を放している最中、この部屋からのぞかれてる気がしてな」

須藤は薄と顔を見合わせる。

「この部屋から、池を見ることはできないぞ。植えこみがあって……」

「そんな気がしたんだよ。ビクビクしながら何日か様子を見てた。だけど、警察に知らせた様子もない。気のせいだったのかと安心した矢先、向こうから連絡があって、池から回収したピラニアを全部引き取りたいって言ってきた。こいつは間違いないと思ったよ。せっかく摑んだチャンス、みすみす手放すわけにもいかない。ごちゃごちゃ言いだす前に、先手を打って、口を塞いだのさ」

草野の目は、川田の遺体が倒れていた場所から離れなかった。

「それはなかったと思いますよ」

「何だと？　どうしてそんなことが判る？」

「たとえ本当にあなたのことを目撃していても、川田さんは通報なんてしなかったでしょうから」

「だから、どうしてだ?」

「警察に嗅ぎ回られたくなかったからです」

これには須藤も驚いた。いったい薄が何を根拠に言っているのか、判らなかったからだ。

「薄、それはどういう意味だ?」

「私、言いましたよね、川田さんがどうしてピラニアを飼い始めたのか判らないって」

「ああ」

「その理由が閃《ひらめ》いたんです。だから、石松さんに調べてもらっていたんですけど……」

「あのとき、俺の電話で何か喋っていたよな」

「はい。あのとき、頼んだんです。その答えが来ました」

薄は自分の携帯を取りだし、メッセージ欄を示した。

「石松さんにお願いしたのは、八〇年代前半に起きた強盗事件で未解決のもの。なおかつ、犯人の親指と中指の指紋が残っていたもの——」

「何だそれは。指紋って……あ! 川田の指!」

「川田さんの指は、ピラニアに齧られて右手親指と中指の先に深い傷があったとのことです。それ、わざとつけたんではないかって考えたんです」

「それは、もしかして、証拠隠滅……か」

「川田さんはそのために、ピラニアを飼い始めたんだと思うんです。飼っているピラニアに齧られたのであれば、指先にケガを負っていても、自然ですよね」

「それで、条件に合う事件があったんだな」

「はい。一九八一年の三月、埼玉《さいたま》県秩父《ちちぶ》市で、強盗殺人事件が起きていました。資産家の自宅が襲われ、主人が殺害されています。被害金額は二千万円。未解決です」

「何と……その事件なら、覚えている。ナタで頭を割られて、凄惨《せいさん》な現場だったらしい」

「現場からは犯人のものと思われる、右手親指、中指の指紋が採取されています」

「川田は、株式投資で今の財産を築いたんだったな。その元手となったのが、盗んだ二千万か」

「DNAなどの照合はこれからですが、石松さんの話では、恐らく川田さんが犯人で間違いないと」

「何てことだ……」

「指紋を隠すための方便としてピラニアを飼い始めたのでしょうが、いつしか、飼育の楽しみに目覚めてしまったんですね。それから本格的に飼い始め、こんな部屋を」

「その一方で、川田は逃亡犯としてひと目を憚って生きてきた。近所付き合いもせず、自分の生活は最低限。そういうことだったんだな」

「ですから、川田さんが積極的に警察と関わりを持つはずがないんです。戸村さんと揉め、窓に投石されても、通報しなかったのはそのためです」

須藤は呆然としている草野に目を向けた。

「そういうことだ。もし川田がおまえのピラニア放流を本当に見ていたとしても、通報したりはしなかっただろう。このナッテリーを引き取りたいと申し出たのは、純粋な愛情からだったんだ。おまえの殺人は、まったくの無駄だったんだよ」

クジャクを愛した容疑者

一

冷房の設定温度を上げる、「ピッ」という音で、須藤友三《すどうともぞう》は我に返った。テレビで放送しているニュースに集中していたからだ。

「ああ、すみません、冷えすぎていましたか」

須藤の声に、田丸弘子《たまるひろこ》はパソコンを打つ手を止め、申し訳なさそうに答えた。

「すみません。足にかける毛布を忘れてしまって」

「いや、いいですよ。私も冷房は苦手だ」

外は午前十時だというのに、既に三十度を記録していた。午後はさらに上がり、七月上旬としては異例の猛暑日になるという。

「暑いのは暑いので、苦手なんですけどね」

弘子は陽気に笑うと、作業に戻っていった。キーを叩《たた》くリズミカルな音が部屋に響いた。

須藤はテレビのニュースに注意を戻す。キャスターが深刻そうな顔で解説しているのは、二日前、河川敷《かせんじき》で見つかった身元不明死体のことである。捜査に進展はなく、早くも、初動捜査の不備を指摘する声も上がり始めていた。

弘子が言った。

「その事件、担当はどなたなんですか？」

「日塔《にっとう》だと聞いています」

「ああ、日塔さん。また大変な事件を引き当てたものね」

「さすが、日塔ですよ」

日塔は一課の中で、「外れクジの男」とあだ名されている。担当が回ってくる事件のほとんどが、難事件なのだ。

「少し前に担当された駐車場の殺人事件。あれも、何だか、うやむやになっちゃいましたね」

「あれは、裏で公安が動いているとか、きな臭い噂《うわさ》がたっていました。私が現役でも、絶対に担当したくないタイプの事件《ヤマ》です。日塔も、決して腕は悪くない、それどころか、とびきり優秀な男だと思っています。まあ、今は少々、運がないってところでしょうね」

「担当する事件に運、不運があるなんて、何だか変な感じだわ」

「どんな難事件でも立ち所に解決してしまうヤツもいますがね。私なんか、現役のころは、運がいい方だった。だから、何とかやってこられたんです。撃たれてケガをしたのは、その分の帳尻合《ちょうじり あ》わせみたいなものでしょう」

「嫌ですよ、そんな言い方しては。それに、須藤さんは今でも、立派な現役ですから」

須藤は苦笑して会話を打ち切った。ニュースは終わり、東京近郊ののんびりとした旅番組が始まっていた。テレビを消すと、須藤は退庁時間までの過ごし方を考え始める。

最後に臨場要請があったのは、一週間前だ。窃盗《せっとう》事件の容疑者が管理していたバラ二十鉢の世話、引き取り先の募集と輸送を行った。すべてが滞《とどこお》りなく進み、楽な仕事ではあったが、須藤にとっては、どこか物足りなくもあった。

ピラニアの件は、なかなかパンチがあったな。そういえば、ヤギの事件で知り合った少年のところにも、そろそろ顔をださないと。少年にとっては不幸な事件であったが、あの後、神奈川《かながわ》の親戚《しんせき》に引き取られ、今では元気に学校へ行っていると聞く。ああ、話に出た日塔と再会したのは、フクロウの事件のときだったな。あのときは、ヤツをぶん投げたんだった。

いくつもの臨場を経てきた須藤であったが、やはり思いだすのは、事件が一筋縄ではいかず、苦労に苦労を重ねた時のことばかりだ。

そろそろ、何かでかい事件《ヤマ》に来てもらいたいものだな。

荒っぽいノックの音が響いた。弘子が「どうぞ」と言う間もなく、ドアが開かれる。こんな調子で飛びこんでくるのは、須藤が知る限りただ一人である。かつての同僚、石松《いしまつ》だ。

「おう、来たか！」

ちょうど、退屈していたところだ、と言おうとして、慌《あわ》てて言葉を引っこめる。立っていたのは、石松ではなく、日塔だった。石松同様、体格はよく、今まで数々の凶悪犯を黙らせてきた迫力がある。しかし、ここ最近はストレスもあってか、下腹の出方が激しい。屈強な大男が、しまりのないデブに変化しつつあった。日塔は黄色く淀《よど》んだ目で、時間をかけて部屋を観察した。そして、ニヤリと嫌な笑みを浮かべる。

「鬼と言われた男がこれかよ」

それを聞いた弘子が真っ赤になって、椅子《いす》から立ち上がる。

須藤は慌てて彼女を制し、言った。

「弘子さん、いつものように、お茶を頼めるかな。冷えた麦茶を。私の分も頼む」

弘子は何も言わず、憤然とした表情のまま、給湯室に消えた。日塔はそれを見送ると、聞こえよがしにつぶやく。

「おっかねぇ」

「口に気をつけろ」

須藤は低い声で言った。「俺のことをどう言おうと構わんが、彼女を侮辱したら許さんぞ」

「そんなマジになるなって」

日塔は須藤の座るデスクに近づいてきた。須藤はあえて席を立たず、座ったまま待ち受ける。日塔の目にはどこか、は虫類的な色があった。ねちっこく、それでいて鋭く、獲物を捕らえる目だ。

かつて同僚として、共同で捜査に当たったこともある男だ。だが、石松とは違い、最後まで理解し合うことはなかった。情報を隠し、手柄を奪う。古いやり方を手放そうとしない頑《かたく》なな男でもあった。

「で、何の用だ？」

「用がなかったら、来ちゃいかんのか」

「ああ、ダメだ。特に、おまえはな」

「へっ、口のへらないヤツだ。捜査一課を追いだされた癖《くせ》に」

「追いだされたわけじゃない。好き勝手言うのは構わんが、おまえも気をつけろ」

須藤は自分の側頭部、銃弾を受けた箇所を指さして、ニヤリと笑う。

「いつ、同じ目に遭《あ》わんとも限らんぜ」

「覚悟はできてるさ」

日塔は怯《ひる》むこともなく、同じく嫌な笑みを浮かべた。

これが、この男の強さだ。どんな相手に対しても、およそ物怖《ものお》じすることがなく、常に喉元《のどもと》に食らいつくタイミングをうかがっている。同僚としては最低の男だが、追われる側から見れば、この上なく危険な相手だ。

最前線で闘う男と張り合うのは、今の須藤にとって荷が重い。目をそらし、そっと体の力を抜く。

「で、何の用だ？」

「仕事だ」

「仕事？　おまえが？」

「ごちゃごちゃ言わず、すぐに出動しろ」

「それにはまず、ある程度の情報がいる。概要をまとめたファイルはあるか？」

「俺は石松とは違う。そんなものはない」

「それじゃあ、仕事のしようがない」

「代わりに、情報は運転手に伝えておいた」

「うちに運転手なんていない」

「何も聞いてないのか。運転手、探していたんだろう？」

「ああ。鬼頭《きとう》管理官から一名、人を補充すると言われてはいる。だが、人選が進まなくて」

「相変わらず、ちんたらやってやがる。俺がいい人材を推薦《すいせん》しておいた。管理官も了承済みさ」

「勝手なこと、言ってんじゃねえ」

「地下駐車場に行け。A区画の三番だ。じゃあ、頼んだぞ」

日塔はそう言い置くと、須藤に背中を向け、部屋を出て行こうとする。そこへ、麦茶の入ったコップを盆《ぼん》に載せた弘子が、戻ってきた。

「あら、もうお帰りですか？」

無視して出て行くかと思われたが、日塔は足を止め、盆のコップを手に取った。中身をひと息で飲み干すと、丁寧《ていねい》にコップを戻す。

「噂には聞いていたが、美味《うま》い。ご馳走《ちそう》さん」

日塔は出て行った。

弘子は空のコップを見て、明るく笑った。

「もしかしてあの人、これを飲むためにわざわざ……？」

「たしかに。仕事の依頼をするだけなら、電話で事足りますからね」

「案外、いい人なのかもしれませんよ」

「いくら弘子さんの意見でも、それだけは承服しかねます」

須藤はかけてあったスーツをはおる。

「須藤さんだって、心の底では同じこと、思ってるんでしょう？」

「行ってきます。帰りは遅くなると思います」

須藤は仏頂面《ぶっちょうづら》のまま、廊下に出る。普段は階段を使って下りるのだが、今日は地下駐車場まで行かねばならない。階段だとさすがに面倒だ。須藤は地下直通のエレベーターを待つ。長らく待たされた挙げ句、通勤列車並みの混雑だ。地下に着いたときは、はおったばかりのスーツが、湿っぽくなっていた。

須藤は壁の表示に従いながら、A区画を目指す。駐車場に来たのは、何年ぶりだろうか。アルファベットで各ブロックに区切られた、迷路のような場所を歩く。天井は低く、排気ガスの臭いで息が詰まりそうになる。

キキッとブレーキの音がして、仕切りの向こうから、白いスカイラインが現れた。車は須藤の前で止まる。運転席のドアが開き、見知った若者が飛びだしてきた。

「須藤警部補」

「おまえ、芦部《あしべ》、芦部巡査部長じゃないか」

「ピラニア事件のときは、お世話になりました」

「お世話って……おまえ、何してるんだ、こんなところで」

「何してるは酷《ひど》いですよ。須藤警部補を迎えに来たんじゃないですか」

「迎え？　俺はそんなこと……あっ！」

事態が飲みこめた。

「まさか、運転手ってのは……」

「はい、僕です」

芦部が、半ば自棄《やけ》気味に敬礼をする。

「何てことだ……。おまえ、日塔の野郎に？」

「昨日付をもって、総務部総務課動植物管理係に異動となりました」

「ちょっと待て。それは日塔の私怨《しえん》人事だろう。ピラニアの件で、おまえが俺にいろいろと情報を漏らしたから」

「ええ、多分」

「そんな勝手な人事があるか。俺が断固として抗議してやる。鬼頭管理官と話してみよう」

「いえ、それはもう大丈夫です」

「何が、大丈夫なんだ？」

「今回の異動は、管理官から直接、言い渡されたものです。初めて会いましたけど、何だか、すごい迫力の人ですよね、鬼頭管理官」

「おまえ、直接、会ったのか、管理官に」

「はい。昨日、呼びだされました。一課から外れるのは本意でないかもしれないが、須藤警部補の許《もと》で働くことも、無駄にはならないはずだ。そう言われ、動植物管理係の実績を見せていただきました」

「何と……」

「どうぞ、よろしくお願いいたします」

若者がキラキラと光る眼差《まなざ》しで、こちらを見つめている。抗うことなどできるはずもない。今日のところは、このままやり過ごすしかあるまい。

運転席についた芦部はシートベルトを締め、バックミラーをのぞく。

「まずは、京橋《きょうばし》ですね」

「ああ。警察博物館まで頼む」

「了解」

車は急発進して、前の壁に激突しそうになる。エアバッグが開くのではないかと思えるほどの急停止で、須藤は命拾いした。

「バカ野郎！」

「す、すみません。ちょっとまだ要領が判らなくて」

芦部はハンドルを固く握り締めたまま、半ば放心状態になっている。

「要領って何だ？　おまえ、免許は持ってるんだろうな」

「はい、持っています。ただ、車に乗るのは五年ぶりで」

「ペーペードライバーか」

「正しくはペーパーですが」

「どっちだっていいんだよ、そんなこと。で、このまま運転できるのか？」

「はい、何としても」

「根性で運転はできねえぞ。大丈夫か」

「はい。少しずつ、慣らしていきます」

日塔の野郎、この辺のことも計算して、芦部を推薦したに違いない。いつも通り、タクシーを使うのも手だが、それでは日塔に対して負けたことになる。

須藤はシートベルトを締めると、ゆったりと背もたれに身を預ける。

「構わん。やれ」

「は、はい。がんばります！」

「がんばりますじゃねえ、ちゃんとやれ」

「はい、がんばります」

神様なんて信じていないが、須藤は神に祈った。

二

須藤の祈りが通じたのか、車は順調に警察博物館への道を進んだ。須藤は後ろから、芦部の運転に対して、ウインカーの出し方、車線の変え方、右折の仕方など、細かい指示をだし続けた。

博物館の専用駐車場に車を駐《と》めたとき、芦部は汗びっしょりで、顔色は紙のように白かった。

「芦部、おまえはここで待っていろ」

「いえ」

芦部はふらつく足取りのまま、車の外に出てきた。「僕も行きます」

「薄《うすき》を呼んでくるだけだ、無理するな」

「いえ、着任の挨拶をしないと」

ピラニア事件の際、芦部が惚《ほ》れ惚《ぼ》れとした目で、薄を見つめていたことは記憶している。若いっていいな。須藤は笑いを我慢できず、ぐすっとくぐもった声を上げてしまった。

「警部補、どうかしましたか？」

「い、いや、何でもない。薄の迎えに同行するのはいいが、それなりの覚悟はしておけよ」

「覚悟？　何のことです？」

建物に入ると、顔見知りとなった受付の女性警察官二人が頭を下げた。

「どうだ、今日の様子は」

二人は互いに顔を見合わせ、意味ありげに「うふふ」と笑う。そんな二人を横目に、須藤は奥の直通エレベーターに乗った。芦部はどこか不安げな面持ちで、きいてきた。

「さっきのやり取りは、どういう意味です？　あの二人、何で笑っていたんですか？」

「行けば判る。ふふふ」

最上階に到着し、エレベーターが開く。つんと獣の臭いがする。こいつは、大物がいるぞ。廊下を進み、「薄圭子《けいこ》」のプレートがかかるドアの前に立つ。

蜂《はち》事件の後、芦部と同じように押しかけて来た若い刑事が、全治三週間の大けがを負ったっけな。

ドアの前で耳をすます。物音はしないが、何かの気配だけはする。芦部はその脇《わき》で、泣きそうな顔をしていた。

突然、室内から金属同士がぶつかる、ガシャンという音が聞こえてきた。続いて、薄の鋭い声。

「コラ、カノウジョージ！　ここに座りなさい」

なるほど、今回はそれか。須藤は得心したが、芦部はそうではないらしい。須藤の袖《そで》を引き、頰《ほお》を怒りで赤く染めている。

「どういうことですか。薄さんの部屋に男性がいるなんて」

「男性？　ああ、まあ、男性といえば、男性だ」

「何、気楽なこと言ってるんですか！　ドアも閉めて二人きりなんて。よくないです。注意しないと」

「いや、別に、そんな堅苦しく考えることはないと思うが」

「ダメです」

芦部は拳《こぶし》でドアを手荒く叩くと、言った。

「薄巡査、そんなところで何をしているんです？　すぐに出てきなさい」

ドアの向こうから、薄のとまどった声が返ってきた。

「え？　今の声、須藤さんじゃないですよね」

「誰でもいい、開けなさい」

「待って！　今はちょっと……」

ノブに手をかけた芦部の顔が、いよいよ険しくなった。

「開けるぞ、薄巡査。カノウジョージともども、さっさと出てくるんだ」

芦部はドアを開け、勢いよく中に入っていった。芦部のすぐ目の前には、頭頂までの高さ七十センチほど、しなやかな筋肉に包まれた、チョコブラウンの美しい犬が一頭、短い耳をぴんと立て、闖入者《ちんにゅうしゃ》をじっと静かな目で見つめていた。ドーベルマンだ。

静寂の数秒が流れた後、芦部が悲鳴にならない悲鳴を上げ、右腕を大きな動作で振り上げた。とたんに、犬が口をわずかに開き、唸《うな》り始めた。鋭い歯がちらりと見える。

薄が鋭い声で言った。

「こら、カノウ！」

攻撃態勢を取っていた犬は、薄の一言でまた元の静かな立ち姿に戻る。一方、須藤は背後から芦部の体を押さえる。

「犬の前で急に大きな動きをするんじゃない。上げた手をゆっくり下ろせ。ゆっくりだ。犬から目を離すな。じっと目を見たままだ」

芦部の体は小刻みに震えていた。

「そ、そんなこと言って、犬、こっち見てる。怒ってる」

「バカ。警戒しているだけだ。横には薄がいる。絶対に大丈夫だ」

芦部が腕を下げると、二人はゆっくりと後ろに下がり、廊下に戻った。

「薄、詳しい話は後だ。準備をして、出動だ。なるべく、早くな」

「はーい」

ドアが閉じられる。

視界から犬が消えても、芦部はまだ震えている。よほど怖かったんだろう。

「け、警部補、どうして、こんなところに、あんな犬が？」

「さあ、俺も判らん。だが、珍しいことでもない」

「はあ？」

「おまえはまだ運が良い。入院しなくて済んだだろう？」

ドアの向こうからは、また金属の触れあうガチャガチャという音が聞こえてきた。犬と芦部に気を取られ、中の様子まで注意を払う余裕はなかったが、どうやら、ドーベルマンを入れる檻《おり》が部屋の中にはあるようだ。

「さあ、カノウジョージ。いい子だから、中に入って。すぐにお迎えがくるからね。わっ、だめ、くすぐったい、そんなに舐《な》めないで」

芦部が頬を赤らめながら、じっとドアを見つめている。須藤は彼のスネを蹴《け》り上げた。

「おかしな想像、してんじゃねえぞ！」

芦部が片足立ちでぴょんぴょん跳《は》ねていると、薄の声がした。

「須藤さん、今日の動物は何ですか？」

「実を言うと、今回は本当に知らんのだ。ちょっと待っててくれ」

須藤は涙目になっている芦部の襟首《えりくび》を摑《つか》み、引き寄せる。

「で？　今日、俺たちを待っている動物は何なんだ」

「須藤警部補、酷いじゃないですか。いくらなんでも、いきなり弁慶《べんけい》の泣き所を
……」

「うるせぇ！　きかれたことにはすぐ答えろ。グズグズしていると逆側もいくぞ」

「クジャク、クジャクです」

「ほほう、そいつは面白いな。薄、今回は鳥だ。ほら、クリスマスに食べるヤツ」

「クリスマス？　七面鳥？」

「そう、それ。羽を広げると綺麗《きれい》なんだよな」

「待って下さい、それって、七面鳥じゃなくて、クジャクじゃないんですか？」

「え？　あれ？」

「ターキーじゃなくて、ピーコック」

「英語で言われたって判らん。芦部、どっちだっけ？」

「クジャクだと聞いています」

「クジャクだ。桃太郎《ももたろう》と一緒に鬼退治したヤツだな」

「それはキジ！」

何がなんだか判らなくなってきた。薄の声が、朗々と廊下に響く。

「七面鳥は、キジ目キジ科シチメンチョウ属。キジはキジ目キジ科キジ属。クジャクはキジ目キジ科クジャク属。ぜーんぜん、違いますから」

「余計、同じように見えてきたぞ。で、準備は？」

「今、いきまーす」

ドアが開き、制服姿の薄が現れた。両手に膨らんだ紙袋を持ち、頭のてっぺんに帽子をちょこんと載せている。

「おまたせしましたー」

「薄、紹介する。今日から、我々の運転手を務めてくれる、芦部巡査部長だ」

「あ、よろしくお願いいたしまーす」

芦部はドアの向こうを気にしながら、か細い声で言った。

「芦部です。よろしくお願いします」

「ということで、今日は彼の運転で現場まで向かう」

「わーい」

三人並んで一階に下り、三人並んで受付の二人に挨拶《あいさつ》をし、駐車場に戻った。

芦部は口数も少なくなり、どこか覇気《はき》が抜けてしまったように見える。後部座席に二人が座ったのを見届けると、エンジンをかけ、道に出た。

須藤はさっそく言った。

「仕事の情報を聞く前に、薄、あの犬だが……」

「カノウジョージですね」

「そう、カノウだ。あんな立派な犬が、どうして、警察博物館にいるのかな？」

「話せば太くなりますが……」

「長くだ！　いや、ダメ、短くだ。話せば短くだ」

「えーっと、田中《たなか》さんが来て、旅行に行くからと置いていきました」

「短すぎて、意味が判らん。田中って誰だ」

「田中さんは田中さんですよ。須藤さん知らないんですか、田中さん。ほら、有名な訓練士の」

「え!?　田中一等訓練士長のことか？　でもあの人は去年、退任されたんでは？」

「ええ、退任されて、今では天網恢々《てんもうかいかい》、のんびりと旅行を……」

「それは悠々自適《ゆうゆうじてき》だろう。ああ、無駄に話がややこしくなった。つまり、あの犬は……」

「カノウジョージ！」

「カノウジョージは、田中さんの飼い犬で、田中さんが旅行に出ている間、おまえが面倒をみるわけか」

「はい。でも、訓練士仲間の人たちが、交代で見てもくれるので、仕事に支障は出ませんから」

「そうか。まあ、田中さんが飼っている犬なら、問題ないだろう」

「それがそうでもないんですよ。田中さん、警察犬の訓練は上手《うま》かったですけど、飼い犬はどうもダメみたいです。カノウはすぐ怒るし、嚙《か》みつくし」

「か、嚙みつくのか？」

「ええ。昨日も公園を散歩していたら、女の子の持ってる人形の喉に食いついて、放さないんですよ。子供は泣くし、大変でした」

「警察官がそんなことしでかしたら、無事では済まんぞ」

「大丈夫です。脅し倒しておきました」

「なだめすかして、か？」

「とにかく、黙らせました」

「一緒にいなくて幸いだった。それにしても、芦部はよく無事だったなぁ」

「危なかったですよ。須藤さんが後ろから押さえなかったら、今ごろ、喉笛かみ切られて、ピーポーピーポーです」

車が大きく蛇行《だこう》し、反対車線にはみだした。

「バカ野郎。ちゃんと運転しろ。で、芦部、そろそろ俺たちが何処《どこ》に向かっているのか、教えてくれてもいいんじゃないか？」

今回は石松ではなく、日塔が直々に持ちこんできた事案だ。日塔との関係を考えると、ヤツが何の理由もなく、仕事を持ってくるとは思えない。何か裏があるに違いないのだ。

芦部がバックミラーごしに、こちらを見て言った。

「へへへ、どこだと思います？」

「テメエ、ハンドルに頭を叩きつけて、エアバッグで窒息させるぞ」

「あ……すみません……冗談です」

「冗談は時と場合が大切だ」

薄が叫んだ。

「じゃあ、チュー！　中段は？」

「チューはネズミだ。ちょっと黙ってろ」

「下段……」

「うるさい！」

「はぁい」

「芦部！　行き先は？」

「はいっ、目白《めじろ》です」

「目白？　目白にクジャクがいるのか？」

「それが、いるんです」

「待てよ。日塔が担当しているのは、河川敷で見つかった死体の案件だろう。目白とどう繋《つな》がる？」

「話せば長くなりますが……」

「短くだ！」

「すみません、ええっと……、発表はまだなのですが、実は、被害者の身元が判ったんです。目白にある学同院《がくどういん》の学生でした」

「学同院と言えば、金持ちのボンボンが通っている、あのいけ好かない学校か」

「かなり歪《ゆが》んだ見方ですが、その通りです。初等科から大学まで、エスカレーター式に上がっていくシステムなので、受験の必要がありません。学費もバカにならないですが、それなりの蓄えがある人には人気のようで」

「つまり、そうやって、金持ちのボンボンが集まる」

「ただ、大学では毎年、新規で学生を募集しています。ですから、全部が全部、ボンボンというわけではないようです」

「で、被害者はどっちだ？」

「ボンボンの方でした。名前は栄野川明夫《えのかわあきお》、二十二歳」

「ということは、四年生か。待てよ、栄野川と言えば……」

「はい。エノカワ運送、創業者の曾孫《ひまご》です」

「何と。そいつは、筋金入りのボンボンだ。エノカワ運送といえば、業界第二位の大会社だ。戦後、栄野川泰三《たいぞう》が一代で築いたって話だな」

「ええ。その泰三の子、現社長の五郎《ごろう》は被害者の祖父になります。そして、父親は吉彦《よしひこ》。父親は現在、外資系保険会社でライフプランナー、つまり営業をしています。経済誌やドキュメント番組に取り上げられるほどのトップセールスマンで、年収は数千万を超えるとか」

「やはり、被害者はサラブレッドだな」

薄がぎょっと目を見開いた。

「え!? 栄野川明夫さんて、馬なんですか」

「そんなバカな話があるか、人だ」

「でもいま、サラブレッドって」

「家柄がいいヤツのことを、そう言うんだ」

「ああ、びっくりした。でも、サラブレッドというのは、競走用に品種改良された馬なんです。サラブレッドを名乗るためには、両親もサラブレッドでなければならず……」

「薄、解説はいい。人間の場合、サラブレッドだからといって、必ずしも、優秀とは限らないからな。ちなみに、俺の勘だが、被害者明夫は……」

「はい。あまり評判のよくない人物でした。初等科からずっと学同院で、しかも、父吉彦氏も同校の卒業生です。さらに、祖父五郎氏は、同校の理事長を務めています」

「つまり、恐いものなんて、なかったわけだ」

「はい。そんなこんなで、何でも自分の思い通りに……あの、すみません、これって、必要な情報なんですか？」

「ここまで話しておいてなんだ。捜査に必要な情報は全部だせ」

「ですが、我々がやるのは捜査ではなく……」

「いいから、全部、話せ！」

「はぁ……」

「で、被害者は栄野川明夫、学同院の四年生。周囲の評判はきわめてよくない。つまり、動機を持つ者はごまんといたわけだ。面倒な捜査になりそうだな」

「いえ、それが、容疑者はもう勾留《こうりゅうちゅう》中でして」

「さすがは日塔先生だ。仕事が早い」

「遺体は身元を証明するものを何も所持しておらず、捜査は難航が予想されました。ただ、現場近くで不審な車の目撃情報があり、目撃者の一人がナンバーを覚えていたこともあり……」

「めでたく、栄野川明夫が浮かんだわけか」

「殺されたわけですから、めでたくはないのですが、その通りです」

「しかし、被害者は札付きの悪だった」

「札をぶら下げていたんですか？」

「薄、少し黙っていてくれ。ええっと、いつもこうやって話の腰を折られる……いや、話に腰はない。頭も膝《ひざ》もない。何と言えばいいのか、話が中断して……」

「チュー！」

「ネズミはいいんだよ。舞浜《まいはま》にでも押しこんでおけ」

「舞浜にネズミを集める施設でもあるんですか？」

「いや、舞浜にあるのは、ネズミで人を集める施設だ。ああ、また脱線した」

「乗っているのは車ですよ」

「おまえ、本当に日本語、勉強しているのか？」

「へへへ、実は最近、サボり気味です。でも、イルカとクジラの発する音がですね、実は……」

「いいから、少し黙っていてくれ。で、芦部、俺たちは何の話をしていた？」

「札がどうのこうのってところからおかしくなりました」

「そうだ、明夫に札が付いていたんだ。そんなヤツだと、さっきも言ったように、動機を持つ者もたくさんいたはずだ。どうしてすぐに容疑者をしぼりこめた？」

「被害者の死因は撲殺《ぼくさつ》でした。凶器はその場からは発見されませんでした。ただ、その傷口から、鳥の糞《ふん》が検出されたんです」

「鳥か。河川敷なんだから、鳥くらいいくらでもいるだろう」

「ところが、凶器らしい石は現場からは見つかっていません。それに、遺体には移動された痕跡《こんせき》がありました」

「殺された後、河川敷に運ばれたか……。面倒な事案だな」

「それが、そうでもないんです。実はもう一つ、重要な手がかりが」

「おまえの話は回りくどいな」

「すみません。被害者は鳥の羽を握り締めていました。それがクジャクの羽だったんです。鑑識でさらに調べたところ、傷口に付着していた糞もクジャクのものらしいと」

「クジャクか。まぁ、そんなもの、どこにでも……いるわけはないか」

「その答えが、学同院にあったんです。何と学内のある場所で、放し飼いになっているそうでして」

　にわかには信じがたい。大学というのは、そこまで自由な場所なのか？

「学同院には、クジャク愛好会というサークルがあるんです。その会員がですね、学内の空きスペースに小屋をたてたり、池を作ったりして……」

「待て。そんな話を信じろと言うのか？　相手は金持ちのボンボン学校だぞ」

「ボンボンとクジャクは関係ないと思いますけど……」

「まあいい。これから出向くわけだから、自分の目で確認する。話を戻そう。つまり、被害者は学同院の学生。被害者はクジャクの糞がついた石で撲殺されたと思われる。そして、学同院には放し飼いのクジャクがいる。で？」

「被害者、栄野川明夫は、クジャク愛好会ともめていたそうです。何でも、彼らが動物を放し飼いにしているスペースにオープンテラスを作る計画を立ち上げ、大学側と交渉していたとか」

「理事長の孫とはいえ、学生だろう。そんなことができるのか」

「学同院には、学生の自治を重んじる風潮があるようで、普段の部活動や大学祭などについて大学側はほとんどノータッチ、学生たちに任せているそうです。また、敷地の利用方法なども、大学側と交渉し認められれば、学生が決められるシステムになっているようで」

「なるほど。しかし、そこまで学生の権利を拡充しても、それをまとめるだけの組織がなければ……」

「学生側は、大学公認のクラブを中心に動いています。中心となっているのが、運動部常任委員会と文化部常任委員会、それに未公認の愛好会、サークルなどが組織する学生連絡会の三団体になります」

「被害者はどれに属していたんだ？」

「そこに少々、問題ありなんです。被害者が所属していたのは、学同院永愛連合という組織です」

「物々しい名前だな」

「学同院は初等科からあります。もし大学まですべてを学同院で過ごしたとすれば、計十六年、通うことになります」

「少し話が見えてきたぞ。十六年間、クラスメートもそのまま持ち上がっていくわけだろう。その結びつきはかなり強いものになるな」

「そうなんです。彼らはかなりエリート意識のようなものを持っていましてね」

「まさに、ボンボンじゃないか」

「ええ、その点については、同意します。ボンボンです」

「そのボンボン共が集まって作ったのが、連合か」

「はい、頭文字をとって、ＧＥＲ《ガー》と呼ばれています」

「ガー。アヒルだな」

すかさず薄の突っこみがくるかと身構えたが、横を見ると、ぐっすりと眠りこんでいる。どうりで静かなわけだ。

「おい、薄！　起きろ」

「はい！　ムニャ。動物が出てきたら、起こして下さい。ムニャムニャ」

ズルズルとシートに崩れていく。叩き起こしたいところではあるが、寝ていてくれた方が話がスムーズに進む。そのままにしておくことにした。

そんな後ろの様子をチラチラと見ながら、芦部は続けた。

「GERは影の自治会とも呼ばれて、実のところ、かなりの権力を持っていたようです」

「ふん。ボンボン連合だからな。BBRに改名すればいい」

「栄野川はGERのメンバーを動かし、クジャク愛好会の活動拠点を奪おうとしていたようです」

「愛好会側は、どう対応したんだ？」

「所属している学生連絡会を通じて、反対の意思を表明していました。ただ、栄野川は学内に顔が利く上、祖父が理事長ですから、学長をはじめとする大学側に直接、働きかけることも可能です。状況的に、愛好会側は大変、不利であったと言えます」

「そんな中で、栄野川明夫が殺害された……か。クジャク愛好会に動機ありだな」

「はい。相手は大学なので、相当手間取りましたが、クジャク愛好会の管理する敷地を、鑑識が徹底的に洗いました。その結果……」

「凶器が見つかった」

「はい。被害者の血痕とクジャクの糞が付着した石が見つかりました」

「もう一つ。被害者の身元特定のきっかけは不審車両だったよな。その車は？」

「今、そのことについて言おうと思っていたんです。車の所有者は被害者である栄野川明夫。そして、驚いたことに、車は大学の駐車場で見つかりました」

「なるほど。犯人は被害者の車で遺体を運び、河川敷に遺棄、その後、同じ車に乗って大学まで戻り、そこに放置した……か。なかなか思い切ったことをするな」

「はい。駐車場に監視カメラはありましたが、出入りすべてが死角に入っていて、確認できませんでした」

「それは気になるな。偶然とは思えん。車の出入りについてはどうなんだ？　警備員か誰かいなかったのか」

「二十四時間、警備員がおりますが、交代やパトロールで持ち場を離れることも多かったそうです。そこを狙《ねら》えば、出入りは可能です」

「容疑者絞りこみの経緯は判った。で、そのクジャク愛好会ってのは、何人いるんだ。五人か十人か？」

「二百人です」

「そんなにいるのか!?」

「幽霊部員も含めての数ですが、年数回開かれるイベントには、かなりの参加者があるようです。ただ、実質的な主要メンバーは五人です。現在、取り調べを受けているのは、会長の高本悠介《こうもとゆうすけ》、通称、おいどんです」

「通称なんて、どうでもいいんだよ。それで、彼が第一容疑者に昇格した理由は？」

「残念ながら、まだ直接的な証拠は見つかっていません。ですが、高本は会長として、今回の問題で栄野川と激しくやり合っていました。コネと人脈で攻め立てる栄野川に対して、ここまで抵抗できたのは、高本のがんばりにほかなりません」

「だが裏を返せば、お互い、激しく憎み合っていたわけか。殺したいくらいに」

「そうなります。付け加えるのなら、栄野川の死亡推定時刻、これは一昨日の午後九時半ごろですが、五人の中で唯一、高本だけが学内にいたことが確認されています」

「そんな夜遅くに何をしていたんだ？」

「孵卵器《ふらんき》に入れたクジャクの卵を見守っていたと、本人は言っています」

「孵卵器？　卵？　クジャクの卵を自分たちで孵《かえ》そうとしていたのか」

「そのようです」

「そんなことができるのか」

「できますよ」

薄が突然、むくりと起き上がって言った。

「最近の孵卵器は性能も上がっていますから、管理さえ怠らなければ、大丈夫です。タマピヨ二四号とかコケコッコ三六号」

「判りやすいネーミングで助かるよ。で？　学内にいる間のアリバイは？」

「ありません。クジャク小屋の脇にずっと一人でいたと言っています」

「犯行については？」

「全面否認です」

「そうか。厄介だな」

「あのぅ、僕が持っている情報はこれで全部ですけど、僕たちの仕事は捜査ではなく、動物の世話なんですよね」

「そうだ。今回で言うなら、高本が勾留されたことによって、放置されることになるクジャクの世話を代わって行うんだ」

「だったら別に捜査情報なんて、いらないいんじゃあ……」

「つべこべ言うな。ペットの世話をするには、飼い主の情報が不可欠だ。それと同じことだ」

「……よく判りません」

「その内、判る。なあ、薄」

「つべこべって何ですか？　ハコベの仲間？　ナデシコ科ハコベ属……」

須藤には答える気力もない。

芦部がウインカーをだし、右に曲がる。車はJR目白駅の前を通過した。右側には、学同院の広大なキャンパスが広がっている。携帯で検索してみると、敷地面積は十八万平方メートルとある。駅前から、優にバス停ひとつ分を走ったところで、ようやく正門が見えてきた。再び右折し、警備員の詰め所前で停車する。身分証を示し、来訪の目的を伝える。事前に捜査一課から連絡があったとみえ、何の問題もなく、入ることができた。車に乗ったまま正門を入り、すぐに左折する。桜並木の細い道をまっすぐいった先が、駐車場になっている。夏休み期間中であり、駐まっている車はほとんどない。芦部は入り口に一番近い場所に車を駐めた。

周囲はサルスベリ、キンモクセイ、イチョウなどの木々に囲まれ、都会のど真ん中とは思えない風情《ふぜい》である。何となく空気が澄んでいるような錯覚さえ覚える。

須藤たちはいったん正門前に戻り、詰め所前からまっすぐにのびる広い道を歩きだす。左右は桜だ。春ともなれば、壮観だろう。正面には北二号館と呼ばれる四階建ての建物が見えてくる。その周りは広場になっており、池や噴水まである。普段は活気のある場所なのだろうが、いまはひっそりとしている。広場は近代的な建物に囲まれていた。左側に学生部棟があり、その後ろには十五階建ての法学部棟がそびえる。右側は西一号館と呼ばれる三階建ての古い建物、そして真正面には、レンガ造りの北一号館があった。それぞれ演習教室として使われているらしい。

須藤は広場の中心に立ち、壮観な光景に見とれていた。

「古いものと新しいものが混在していて、何とも言えない雰囲気だな。まあ、こういうところでこそ、学問的な閃《ひらめ》きは起きるのかもしれんが」

「須藤さん、あの池、鯉《こい》が泳いでますよ」

広場の中心にある池には、薄の言う通り、体長六十センチほどの鯉が数匹、ゆったりとした動きで、底の方を泳いでいる。

「長生きして、一メートルくらいに成長しないかなぁ」

薄は目をうっとりさせて鯉を見つめている。そのすぐ後ろで、芦部が言う。

「いやあ、キャンパスの鯉ですね」

池にたたき落としてやろうかと思ったが、こんなところで警察関係者が仲間割れしていては、大学側に示しがつかない。

「二人ともグズグズするな。いくぞ！」

広場を斜めに突っ切り、芦部から聞きだした目的地へと向かう。

広場と北一号館の間には、車二台が優に通れるくらいの道が左右にのびている。左に行けば、東一号館——ここには大学院の研究科研究室が入っているらしい——があり、そのさらに先は、学同院高等科の運動場、校舎となっている。一方、右に行くと、すぐにレンガ造りの西二号館がある。ここは、語学用の教室と講師控え室などになっているらしい。さらに進むと五階建ての古びたコンクリート製の建物に出会う。ここは、運動部、文化部の部室が入っている、通称黎明棟《れいめいとう》である。学同院は学生の自治を広く認めると共に、部活動にも力を入れており、黎明棟の周りは夏休み期間中であるというのに、活気があった。正面玄関の前では、ラグビー部の面々がウエイトトレーニングを行っている。その横を、テニスラケットを持った汗だくの男女が駆《か》け抜けていき、階段の前ではサッカーボールを持った泥だらけの男子たちが談笑している。見たところ、一階はほとんどが運動部の部室であり、文化部は上階にまとまっているようだ。

「この建物の裏だったな」

「はい」

建物の裏は、一見したところ、雑木林にしか見えない。目白の一等地に雑木林があるというのも驚きだが、枝葉をかき分け、中に入っていくと、さらに驚くべき光景が待ち受けていた。

林はイチョウ、シイノキ、エノキなどが生い茂り、中でも天を突くようなシイノキの巨木は、思わずため息が出るほどだ。その太い幹に抱かれたような空間に、クジャクが二羽、こちらを見ていた。クジャクだけではない、すぐ傍には、桶《おけ》やビニールを使った人工の水浴び場が作られてあり、そこにアヒルが二羽、プカプカと浮いている。忙《せわ》しなく動き回っているのは、鶏冠《とさか》も立派なニワトリだ。ざっと勘定しただけで六羽いる。それぞれはすっかり慣れているらしく、お互いを怖がる様子もない。ニワトリの何羽かは、地面が擂《す》り鉢《ばち》状にへこんだところで砂浴びよろしく、羽をバタバタとさせていた。

ふと気がつくと、どこからか、ピーピーという声が聞こえてくる。

「何だ、このひよこみたいな声は？」

薄がすかさず答えた。

「ひよこですよ」

シイノキの巨木を中心に、周囲には手作りの小屋が三軒あった。木材を組み、金網などを張っただけのものであるが、柱や屋根もしっかりとしている。ひよこの声が聞こえているのは、向かって左側の小屋だった。ニワトリ用の小屋となっているようで、金網の向こうにある仕切られた部屋には、二十羽近いひよこが愛らしい声を上げていた。産毛に覆われた黄色いものから、既に産毛が抜け始め、黄色と白の斑《まだら》になったものもいる。しきりの向こうにいるのは、もっと大きく、顔つきはすでにニワトリのそれになっている。

「あれは中雛《ちゆうすう》です。生後三十日から四十日くらいはたっていますね」

ニワトリ小屋の真ん前、向かって右側にあるのは、池にいるアヒルの小屋だろう。二羽だけなので、他と比べ小ぶりである。四方を網で囲まれ、床は地面より数センチ、高いところにある。傍の地面には大きな盥《たらい》や餌《えさ》用の桶が置いてあった。

そして、問題のクジャクである。こちらを警戒しているのだろう。片時も目を離さない。

須藤は横の薄に小声で言った。

「どうなんだ？　あのクジャク」

「インドクジャクですね。右にいる華やかで大きいのがオス、横の地味で小さいのがメスです」

　オスはツンとした嘴《くちばし》から尾羽の先まで、二メートル以上あるだろう。足も鳥にしてはがっしりと力強く、爪《つめ》も尖《とが》っている。かなりの迫力だ。長い首に当たる部分は鮮やかな青色、嘴や目の周りは白くなっている。さらに、頭のてっぺんには、緑色の王冠のようなものがふわりと載っていて、全身、まさに極彩色、力強さと共に高貴さをも感じさせる。一方、横のメスは体長一メートル前後。全体が茶色っぽく、オスに比べると、たしかに地味である。それでも、首を垂直に立て、まっすぐこちらを睨《にら》む様子には、凛《りん》とした気品がある。

「こいつは見事だなぁ」

「クジャクはインドでは国鳥ですし、ヒンドゥー教では神様の乗り物として登場するんですよ」

「この見た目なら、当然だな。しかし、ここまで来たら、羽を広げたところも見たいもんだ」

「オスが羽を広げるのは、アピールです。繁殖期は終わったばかりですから、見るのは難しいですね。あ、でも、気まぐれで広げたりするそうですから、しばらく観察していたら……」

「クジャクの観賞会をしている場合じゃない。俺たちは仕事で来たんだ。それで薄、あの鳥をどうすればいい。かなり警戒しているみたいだ。図体もでかいし、暴れられたらことだ」

「クジャクはそれほど獰猛《どうもう》な鳥じゃありません。近づいても問題はないと思いますよ。産卵時期とか、気が立っている時は蹴っ飛ばしたりしてきますけど、馬とかと違って、命には関わりませんから」

そう言って薄はクジャクに近づこうとする。

「止めて下さい！」

そのとき、鋭い声が背後から響いた。動物たちに気を取られ気づかずにいたが、いつの間にか、四人の学生が並んでいた。男性二人に女性二人である。皆、一様に険しい表情で、須藤たちを睨んでいる。そんな場の緊迫した雰囲気に反応したのか、オスのクジャクが「パープー」と不思議な音を発した。子供のころに聞いた豆腐屋のラッパのような音だ。

「何だ、今の音は？」

「クジャクの鳴き声です」

「クジャクって、鳴くのか!?」

「当たり前です。鳥なんですから」

「パープー、パープー」

オスのクジャクはぷいと体の向きを変えると、ヒョコヒョコとシイノキの周りをまわり始める。

巨木の後ろには、クジャク用の小屋があった。大小、二つの部屋に分かれていて、正面には金網が張ってある。奥にある大きな部屋には、地面から一メートルほどのところに、止まり木と思《おぼ》しき太い棒が渡してあり、四角い餌箱が取りつけてあった。

クジャクは小屋の前を悠々と通り過ぎ、雑木林の中へと入っていく。やがて、メスのクジャクも後を追うように、小屋の向こうに歩いていった。

須藤はあらためて、四人と向き合う。

「私は警視庁の須藤というものだ。こちらは部下の薄と芦部。君たちは？」

四人はたがいに顔を見合わせた後、左端に立った男が言った。

「僕たちは、クジャク愛好会の者です」

薄がぴょんと前に飛びだすと、男の前に立ち、右手を差しだした。

「握手して下さい」

「え!?」

「ここ、素敵。私も住みたい」

「……え……」

「クジャク愛好会って、どんな活動をしているんですか？」

「きいてどうするんだよ」

右から二番目に立つ男が、口を開いた。

「だって、アヒルがいて、ニワトリがいて、クジャク、ひよこ！　楽しいから」

こんなにも輝く薄の表情を見たのは、須藤も初めてだった。彼女の態度に、愛好会の四人も毒気を抜かれてしまったようだ。特に女性二人の顔には笑みが浮かんでいる。

左から二番目に立つ女性が言った。

「定期的に何かをやっているわけじゃないんです。時々、気が向いたときにイベントやったり……かな」

もう一人の女性もうなずきつつ、言った。

「ブロイラーを買って、丸ごと一羽、捌《さば》いて食べたり」

「楽しそう！　首の骨折って、血を抜くんでしょう！」

「川でニゴイを釣って、それを食べるとか」

「美味《おい》しそう。魚は釣ってすぐ食べるのに限るのよねぇ」

「あとは、漁港でサメを買って、かまぼこ作ったり、世界で一番臭い缶詰を開けたり」

「シュールストレミング！」

「そう、それです」

「私、クジャク愛好会に入ろうかしら。でも、学生じゃないから、ダメ？」

「そんなことないですよ。学同院以外の学生もけっこういるし、社会人はいないけど、まあ、一人くらいいてもいいんじゃないかな」

「おい、バカ言うな。相手は警官だぞ。それに、高本のこともある」

大喜びの薄の前に、怒りの表情を浮かべ立ち塞《ふさ》がったのは、右から二番目にいた男性だった。

「あんたら、何しに来た？　ここの調べはもう終わっているはずだ」

「待ちたまえ」

男の肩を摑み、須藤は言った。

「我々も名乗ったんだ。君たちも、名前くらい聞かせてくれないか」

肩を摑まれた男は、手荒く須藤の手を振り払うと、そのまま背を向けてしまった。

仕方なく、残る三人に目をやり、決断を促す。

「山口凛《やまぐちりん》です。三年生です」

もう一人の男が言った。すぐに女性二人が続く。

「棚橋由賀里《たなはしゆかり》、二年生です」

「私は越口真由《こしぐちまゆ》、二年生です」

須藤は、背を向けたままの男を待つ。

「市瀬史郎《いちせしろう》だ。高本と同じ四年」

「ありがとう。我々はたしかに警察の者だ。だが、事件の捜査とは関係がない部署なんだ」

由賀里が言った。

「それなら、どうしてここに？」

「クジャクの世話をするために来た」

これには、四人とも少なからず驚いたようだった。山口が言う。

「警察って、そんなことまでやるんですか？」

「最近はね。事件捜査も動物愛護の観点に立たないと」

真由が、好奇心いっぱいに目を光らせながら言った。

「そういうお仕事なら、動物についても詳しいんですか？　ちょっとそうは見えないけど」

「私はまあ、現場監督みたいなものだ。世話など具体的なことは、そこにいる薄がやる」

「へへへ」

薄がピースサインをする。

「必要ない！」

和《なご》みかけたその場の雰囲気を、一気に引き戻す声だった。市瀬が不審と怒りをこめた目で、須藤を睨んでいる。

「スカイレインボーハリケーンゴッドフェニックスとサカタニの世話は、僕たちでやる。あなたたちの手は借りない」

市瀬の言葉が途中から理解できなくなった。

「悪いが、もう一度言ってくれないか。スカイレインボー……何だって？」

「スカイレインボーハリケーンゴッドフェニックス。メスのクジャクの名前だよ」

なんとまあ、まるで寿限無《じゅげむ》だ。その横で薄がパチパチと手を叩いている。

「スーパーダイヤモンドストームサンダーバード。いい名前ですね」

「一つも合ってないだろう。もう一羽のクジャクの名前は？」

「えーっと、えーっと、ヤマイモ」

「そもそも、動物につける名前じゃないだろうが」

「じゃあ、須藤さんは判るんですか？」

「ううーんと、何だっけ、ヤマモト」

「サカタニだ！」

市瀬が叫んだ。「あんたら、ホントに警察官なのか」

「もちろん。なあ、芦部」

それまで木の陰に隠れていた芦部を引っぱりだす。なぜか顔が青く、鼻をつまんでいる。

「どうした芦部？　気分でも悪いのか」

「い、いいえ」

そこから芦部は、くしゃみを十発放った。

「ぼ、僕、フェークション、鳥のアレルギーフェークションで、鳥の羽とかダメ、フエークション」

そんな芦部の窮状を察したのか、ニワトリたちがわんさと寄ってきた。芦部の足元に群がり、靴先をつっつき始める。

「ひゃぁぁ」

結局、芦部はそのまま走り去ってしまった。須藤は憮然《ぶぜん》として腕を組む。

「何だ、あれは。あんなんで、よく刑事が務まるな」

「それは俺たちのセリフですよ」

あきれ顔で市瀬が言った。

「あいつは今日が初めての現場なんだ。まだ慣れていなくてな」

「どちらにしても、さっさとお引き取りを。ここにいる動物の世話なら、俺たちだけでできますから」

既に世話人がいるというのは、初めてのケースだった。須藤としては、このまま引き上げてもよかったのだが、絶対に承知しそうにない者が一人いる。

「薄、どうする？」

「はーい、私、今日からここに泊まってもいいですか？」

「バカ言うな。泊まるってどこに泊まるんだ？」

「ここですよ。野宿します」

「目白のど真ん中にある大学の構内で、女性警察官が野宿するなんて話がどこにある」

「ここにあります。こんないい環境なんですから、うちに帰るなんて、もったいないですよぅ。須藤さんもここに泊まりましょうよ」

「嫌だよ。ヘビでも出そうだ」

「出ますよ。夜になったら、もっと色んな虫がウジャウジャ出てきて、ああ、楽しそう」

「断じて、俺はうちに帰るからな」

「須藤さん、ニワトリですねぇ」

「何だと？　俺がなぜニワトリだ」

「ヘタレだから」

「それを言うなら、ニワトリじゃなくて、チキンだろう」

「あ、英語か……」

「とにかく、どうするんだ？　俺としては、これで引き上げることも検討すべきかと……」

「嫌、嫌です。せっかく来たんですから、もっと見ていきます」

薄は子供のように首を左右に振りながら、クジャク小屋の方に歩いて行った。そんな様子を、市瀬を除く三人は微笑《ほほえ》ましそうに眺めている。

由賀里が言った。

「何だか、面白い人ですね」

須藤はうなずきながら答える。

「そうだろう。いつも、困ってるんだ」

「いえ、面白いのは、刑事さんですよ」

「俺？」

「恐そうな顔だけど、間が抜けてて面白い」

元捜査一課の刑事にとっては、屈辱的な言葉だ。

「い、いや、それはだな……」

そんな須藤の横を抜け、真由が薄に近づいていく。

「薄さん、何でもきいて下さいね」

市瀬が目を吊《つ》り上げて怒鳴った。

「おい！」

それを山口がなだめる。

「いいじゃないですか。あの二人、ちょっと面白いから」

「そういう問題じゃないだろ」

「正直言って、僕は不安ですよ。クジャクやニワトリの世話は、いつも高本さんが中心になってやってたんだ。高本さんがいなくなったら、ここだって……」

　由賀里が明るく笑う。

「大丈夫、高本さん、すぐ戻ってくるよ」

「どうして判る？」

「だって、高本さんが、あんなことするはずないじゃない。多分、何かの間違いよ」

「そうそう」

　薄の横に立つ真由も声を上げる。

　市瀬は一人、カリカリしている。

「そんな楽観論ばかり唱えていてどうするんだよ。現に高本は警察に連れて行かれ、取り調べを受けてるんだぞ」

　山口が言う。

「だけど、まだ自白したわけでも、逮捕されたわけでもない。そうでしょう？　刑事さん」

「ああ。まだそんな情報は入っていない」

真由が言った。

「疑わしきは罰せずでしょ。せめて、私たちくらい、信じてあげようよ」

こうまで言われては、市瀬も黙るよりほかない。

険しい表情で、彼は須藤を睨んだ。やり込められたバツの悪さを、そうすることで解消しているのだろう。

一方、クジャク小屋では、真由と薄のやり取りが始まっていた。

「餌は普段、何をやってるんですか？」

「ニワトリ用の配合飼料と水です。二十キロで千二百円くらいですから、リーズナブルでしょう？　ほかには、野菜とかパパイヤやドライフルーツなんかをたまにあげたりしています」

「クジャクは雑食ですからねぇ。ミールワームは？」

「大好物。あっちの小屋では、ミールワームを『養殖』して増やしてます」

「それは全部、高本さんが？」

「ええ。基本的には全部、彼が始めたものです」

「高本さんというのは、どんな人なんです？」

由賀里と真由は顔を見合わせる。

「うーん、何て言ったらいいのかなぁ」

そこからを引き取ったのは、山口だった。

「行動は明快なんだけど、そのくせ、何を考えてるか判らない人なんだなぁ。専門は情報学研究科なのに、卵の孵化《ふか》に命かけてるし」

須藤は驚いて口を挟んだ。

「高本君は農学部じゃないのか？」

「違いますよ。時々、勘違いしてる人、いますけど」

そんな中、薄は深くうなずいている。

「情報学は多岐の分野にわたる学問ですから、クジャクの飼育や卵の孵化が、まったく無駄になるわけではないと思いますよ」

山口は首を傾げる。

「どうかなぁ。ただ好きでやってるだけのようにも見えるけどなぁ。就活だって、大してやってるようには見えなかったし」

由賀里が笑いながら言う。

「だけど、何とかっていうシステム系の大手に決まったんでしょ？」

「うん。ただ、本人、あんまりやる気ないみたいなんだよね」

それまで黙っていた市瀬が口を開いた。

「まったくさ。この時代、それがどれだけ贅沢《ぜいたく》なことか、あいつには判ってないんだ」

山口が笑う。

「市瀬さんだって、就活しているようには見えなかったけどなぁ。でも、内定、貰《もら》ったんですよね」

「まあな。高本ほど立派なとこじゃないけど」

「貰えるだけいいですよ。俺、どうしようかなぁ」

由賀里があきれ顔で言った。

「高本さんを基準に考えたら、ダメよ。何年もここにいるのに、いまだに駅前の飲み屋とか、一軒も知らないような人だから」

須藤はきいた。

「そもそも、高本君はどこに住んでいるんだ？」

「大学の高田馬場《たかだのばば》側出口を出たところにある寮です。でも、ここで夜明かししている時が、けっこうあるみたいですけど」

こうして話をしている合間も、ニワトリはコッコと周囲を駈け回り、クジャクはクジャクで、エメラルドグリーンに輝く羽を見せつけるように、小屋の周りを闊歩《かっぽ》している。

「それにしても、あのクジャクはどうやって手に入れたんだ？」

山口が答える。

「卵から孵して、育てたんです」

「卵から？　クジャクを？　そんなことができるのか？」

「できますよ。なあ」

真由がうなずいた。

「タマピヨ六〇とかね」

クジャクの動きを追っていた薄が、勢いよく振り返った。

「タマピヨ！　あれはまさに、温もりを持った聖母です」

由賀里が目を丸くした。

「すごい、高本さんと同じこと言ってる」

「実はいまも、クジャクの卵を温めているんです。見ますか？」

山口の言葉に、薄は何度もうなずく。

「じゃあ、こちらへ」

山口たちは、クジャクたちの楽園から少し離れた場所に、薄たちを案内した。ちょうど、黎明棟の真裏、西側の外れであった。そこに、クジャクたちの小屋と同じく、木造の堅固な造りの小さな小屋があった。横開きの木戸は開いたままであり、中が丸見えだ。室内は三畳ほどの板の間で、アクリルの水槽やら、空の鳥カゴなどが積んである。そんな散らかった部屋の真ん中に、三枚重ねの座布団があり、そこに、八角形をした半透明の物体が鎮座している。ホットプレートのような趣を持った物体からは黒いコードが伸び、部屋隅にあるバッテリーに繋がっている。

「あ！　タマピヨ」

薄が駈け寄り、蓋《ふた》の上から中の様子にじっと目を凝らしている。

「すごい、クジャクの卵だ」

薄の頭越しにのぞいて見ると、七センチから八センチほどの大きさで、薄茶色をした卵が、十個並んでいる。

「この卵は、どうしたんだ？」

「ネットオークションで、たまに買えるんです。五個で安いと千円、高いと四千円くらいかな」

山口が言う。「あと、最近、うちの会、そこそこ名が知られるようになったんで、卵を貰うこともあるんですよ。今回もたしか……」

真由が答える。

「今ある十個のうち、五個はオークション、五個は貰い物。滋賀《しが》県に、クジャクを飼ってる神社があって、そこの一羽が産んだから、引き取ってくれないかって。高本さん、車で取りに行ったのよ」

須藤はきいた。

「それはいつのこと？」

「あの日です。栄野川さんが殺されたっていう。前の晩に出て、昼前に戻って来たんです。昼休みに、引き取った卵をうれしそうに孵卵器に入れてました」

「高本君、車の運転は？」

「あっちこっち出かけてたから、運転はすごく上手かったです」

つまり、車に遺体を積み、河川敷まで楽に往復できるわけだ。

真由の表情が曇る。

「この卵が孵化するの、高本さん、すごく楽しみにしていたのに。もうすぐ、有精卵かどうか、確認できるって」

「待ってくれ。金をだして買ったのに、無精卵かもしれないってことか？」

「そうですよ。有精卵は四個に一個くらいかなぁ」

山口もタマピヨをのぞきながら、自分に言い聞かせるよう低い声で言う。

「とりあえず、僕たちで何とかするしかないよ。こいつのおかげで、卵自体は、ほとんど何もしなくても大丈夫だから」

「ほったらかしでいいのか？」

「温度管理と、一日に何回か転がしてやること。あとは滅多にないけど、外敵に襲われないよう見張るくらいかな」

由賀里が言った。

「滅多にないですけど、前にシチメンチョウの雛《ひな》やニワトリがやられたことがあって。多分、ネコか何かだと思うんですけど、正体は判っていないんです」

クジャクのオス、サカタニが小屋の中へと入っていく。奥の部屋まで行くと、床に落ちた餌をポツポツ、ついばみ始めた。

須藤は薄に小声できいた。

「部屋が二つに分けてあるのはなぜだ？」

「メスの退避用だと思います。繁殖期など、オスはメスを攻撃します。下手をすると、殺してしまうくらい。だから、メスが隠れる場所を設ける必要があるんです」

「それじゃあ、交尾どころじゃないなぁ」

「それは相性の問題もあります。ダメなものは、絶対ダメ」

「いやに力をこめるじゃないか。まあ、その辺は人も一緒か」

サカタニに続き、スカイレインボーハリケーンゴッドフェニックスも小屋に入る。しばらく戸口にたたずんだ後、サカタニの横で、やや窮屈そうに餌をついばみ始めた。

「こうしていると、仲良さそうだがな。薄、いま気がついたが、この鳥、放し飼いだ」

「ええ。鳥のためには、それが一番です」

「飛んでいったりしないのか？」

「クジャクは飛ぶのが得意ではないんです。ニワトリより多少ましってくらいです。どのくらい遠くまで飛ぶのかは、個体差がありますねぇ」

その話を聞いていたのか、山口がシイノキを指さしながら言った。

「スカイレインボーハリケーンゴッドフェニックスはあの木の上まで飛んだことがあります。気まぐれで、何考えてるか、判らないところがあるんで。あ、ちょっと高本さんに似てるかな」

市瀬が、パンと手を打ち鳴らした。傍にいたニワトリが驚いて、パタパタと逃げて行く。

「さあ、もうその辺にしてくれ。見て判っただろう。あんたらの手は借りなくても、動物の世話はできる」

須藤は薄にきく。

「どうなんだ、薄？」

「彼の言う通りです。クジャクはもちろん、ニワトリ、ひよこ、アヒル共に健康状態は良好です。彼らは知識もあるし、任せても大丈夫かと思います」

「そうか。おまえがそう言うなら、彼らに任せることにしよう」

それを聞いて、由賀里、真由の表情は輝き、山口の顔は不安に強ばり、市瀬は仏頂面のまま、正門の方角を示した。

「お帰りはあちら。案内はいらないよな」

「それがそうもいかないんだ」

「何？」

「このまま帰るわけにもいかなくなった。そうだな、薄」

「はい」

「どういうことだ？　世話は俺たちに任せるんだろう？」

「クジャクたちのことじゃない。問題は事件の方だ。どうも、高本君の犯行ではないように思えるんだ」

三

須藤と薄は、ニワトリ小屋の横で、学生たちに囲まれていた。市瀬など、先《さつき》とは顔つきが変わっている。

「で、どういうことなんだ？　高本じゃないって言うのは？」

「一つは俺の勘だ」

市瀬が盛大にずっこける。

「勘って……」

「ちょっと出来過ぎている感じがするんだ。被害者は夜間に、わざわざこの場所にやって来て、殺害された。なぜ来たのかは不明。そして、殺害時刻、高本君のアリバイはない。そして、河川敷で見つかった遺体はクジャクの羽を握っていた。自動的に高本君に行き着くようになっている。こういうときは、要注意なんだ」

　その後を、薄が継ぐ。

「私も変だと思うんです」

「何が変なんだ？」

「傷口についていたクジャクの糞です」

「それに疑問はないだろう。ここにあった石なんだから」

「どうして、クジャクだけなんです？　ここにあったのなら、ほかの動物の糞だってつくはずです。ニワトリやアヒルの」

「……なるほど」

「私も須藤さんの意見に賛成です。あまりにも出来過ぎてます」

　市瀬はポカンとした顔で、須藤と薄を見比べた。

「あのさ、高本の無実を信じてくれるのはうれしいんだけど、あんたたち二人も一応、警察の人だよな」

「そうだ。ただ、いつも普通の警察官とは、違った角度から捜査をするんだ。そこでまず、君たちにいくつかききたいことがある」

　由賀里が目を輝かせて答えた。

「いいですよ。何でもきいて」

「事件当夜、高本君は学内に一人でいたことになっている。時間は午後九時過ぎ。そんな時間に、彼は何をしていたのだろう？」

市瀬が答えた。

「さっきも言ったけど、高本は寮住まいで、いつでも学内に入れた。いや、本当はダメなんだけど……」

「夜間、学内に立ち入ることは、原則、禁止なんだね」

「ああ。だけど、みんな、けっこう居残りしてるよ。警備員もうるさく言わないし。昔はもっと厳しくて、退去時間過ぎても居残ってたら、始末書書かされたんだって。始末書、三枚書いたら、退学なんだよ」

薄が手を挙げて言った。

「私もあっちこっちで書きましたよぉ、始末書。南氷洋で捕鯨船に乗ってたときは、過激な環境保護団体の船に火炎瓶投げてやりましたから。怒られたなぁ。コスタリカの海岸でウミガメの産卵を観察していたときは、車で海岸に入ってきた軍人を全員……」

須藤は薄の口を塞ぎ、笑った。

「こいつは、くだらない冗談が好きでな。話を戻すと、高本君が夜、一人で学内に残っていることは、さほど珍しいことではなかったんだね？」

四人は一緒にうなずいた。

「ちなみに、君たち四人は、事件当夜、どこで何をしていた？」

場の空気がとたんに凍りつく。

真由が青ざめた顔で言った。

「それって、どういうことですか？　高本さんじゃなくて、私たちを疑っているの？」

「いや、あくまで、形式的な質問だ」

山口が目を細め、ゆっくりと言った。

「そのことなら、もうほかの刑事さんにきかれましたよ。真由だって、答えただろう？」

「うん」

「その程度の情報も共有してないんですか？」

須藤は苦笑して答える。

「言ったように、部署が違うし、捜査のやり方も違う」

「要するに、仲が悪いってことでしょう？」

図星だ。さすが、皆、頭の回転が速い。

「俺は釣りに行ってた」

意外なことに、まず答えたのは市瀬だった。「豊海《とよみ》の公園。一人で行ったから、アリバイはなし。夏休みで授業もなかったから、一度も大学に来なかったんだ」

「ありがとう」

続いて、真由が不安そうな表情のまま、言った。

「私は、池袋《いけぶくろ》で友達と会っていました。将来のこととか話して、家に帰ったのは十一時くらいかな。昼間はずっと就職のセミナーに出ていたので、高本さんとは一度も会っていません」

「その友達の連絡先を後で教えてくれるかな。確認が取れれば、アリバイ成立だ」

その手の作業は、芦部にやらせるとしよう。

その後、由賀里は自宅に家族と、山口は下宿で一人でいたと語った。由賀里の場合、証言者が身内であるため、アリバイ不成立。山口も同様だ。

「ありがとう。助かったよ。薄、おまえからは、何かないか」

「タマピヨに入っている卵ですけど、二ヵ所から来たものなんですよね」

山口がうなずいた。

「五個はオークション。五個は滋賀の神社」

「十個、すべて同時に温め始めたのかしら」

「えっと……高本さんが滋賀からの卵を持ってきたのがお昼。オークションの卵が届いたのは、夕方五時過ぎだと思います」

「届いたところを、見たの？」

「いや、今朝、小屋のところでこれを見つけたから」

山口がポケットからだしたのは、クシャクシャになった宅配便の届け先控だ。高本宛で、サインもある。配達時間は午後五時四十分とあった。

「多分、受け取ってすぐ、孵卵器に入れたと思います」

由賀里が首を左右に振りながら言った。

「高本さん、あの日は夜まで特別講義とセミナーだって言ってたわ。宅配便を受け取ったのも、多分、研究室よ。卵を孵卵器に入れる時間なんてなかったと思う」

市瀬が額に指をあてながら、低い声で言う。

「もしかすると、高本が夜、ここに来たのは、卵を孵卵器に入れるためだったんじゃないか？」

「それはあり得る」

須藤もうなずいた。「そこに、栄野川がやって来て、言い争いになり……」

「ちょっと、それじゃあ、高本が犯人になっちゃいますよ」

「可能性をいろいろ考えてみなくちゃな」

「だけど、あなたも警察の人なんでしょう？　だったら、高本から直接、きいてくれればいいじゃないですか」

「それが、そうもいかないんだ。いろいろあってな」

須藤は携帯をだし、芦部を呼びだす。

「ふぁい、芦部です。ハックション」

「いつまでやってるんだ。早く戻って来い。おまえにききたいことがある。いま、どこだ？」

「車で待機していま……ヒーックション。この通り、発作が……」

「やかましい。発作より捜査だ」

「労働者の権利侵害で……フハークション」

「俺たちは人間より動物優先で動いてるんだ。我慢しろ」

もの凄い力で、背中を叩かれた。薄だ。

「須藤さん、いいこと言う！」

「痛いな。多少は手加減しろ。痛みが頭の傷にまで響いたぞ」

「そうそう、何事も動物優先。人間なんて、一番後でいいんです」

「問題なのは、おまえがそれを本気で言っていることだ。狂気を孕《はら》んでいる」

「失礼なこと言わないで下さい。私、妊娠なんかしていません。まして、人殺しの道具だなんて」

「待て、意味がよく判らない」

少し考えて合点がいった。

「ああ、凶器を妊《はら》んでいるな。ちょっとしたホラー映画だな」

「あのぅ」

携帯の向こうから、芦部のか細い声が聞こえてくる。

「おお、すまん、忘れていた」

「僕、もう帰ってもいいですか？」

「クジャク小屋に頭からぶちこむぞ。いくつかききたいことがある。ここには来なくていいから、その場で答えろ。まずは高本のことだ。取り調べの情報は入っているな」

「はい」

「もう一度、聞かせてくれ。高本は事件当夜、なぜ、この場所にいた？」

「クジャクの卵を孵卵器に入れるため、小屋に行ったと証言しています。ネットオークションで購入したクジャクの卵五個が、夕方、研究室に届いたので、セミナーが終わるのを待ち、小屋に行ったと」

「孵卵器に入れるためか」

「そうです」

由賀里の証言と一致する。芦部が続けた。

「我々……というか日塔警部補は、そこで栄野川と鉢合わせして、凶行に及んだのではないかと推理しています」

「高本はその点について、何と言っている？」

「栄野川には会っていないと。孵卵器に卵を入れ、その後、誰にも会わず、寮に戻ったと証言しています。ただ、一緒にいた者もおらず、目撃者もいません」

「アリバイなしか。ではもう一つ質問だ。被害者の栄野川はどうして、ここに来たんだ？」

「そこはまだ判っていません。被害者の足取りが今ひとつ、よく判らないと日塔警部補もこぼしていました」

「栄野川は交友関係も広く、派手な生活をしていた。そんな男の足取りが摑めないか。気になるな。わざと消していた可能性もあるな」

「はい。ただ、日塔警部補はあまり重要視していないようです。高本一本で行くというのが、捜査方針なので」

「ふん、まあ、そっちはそっちでやればいいさ。芦部、もう少し車で待機していてくれ」

「ふぁーい、ハッハッハッハクショーン」

通話を終えた須藤は、いつもとの違いを実感する。相手が石松でない分、ひどくやりにくい。須藤が焦燥感《しょうそうかん》に苛《さいな》まれる一方、薄はいつも通りだ。孵卵器をのぞき、皆に尋ねる。

「卵を孵卵器に入れるところ、見た人いる？」

四人は一様に首を振った。

「薄、やけに孵卵器にこだわるじゃないか。何か気になることでも？」

「いえ。あ、気になることと言えば、卵がいくつ孵るのかです。クジャクの雛、かわいいだろうなぁ」

「雛の心配をする前に、高本君の心配をしろ」

「そうですねぇ。孵化までの日数は平均二十八日とされていますから、放っておくと、逮捕されて起訴されて……」

「そうならんよう、俺たちががんばってるんだろうが」

「でも須藤さん、被害者の栄野川さんは、どうしてこの場所を壊したかったんでしょうか」

「まさに、俺が気になっていたのもそこだ」

「オープンテラスと言っても、ここ、木が多いから日当たりもよくないし、何と言っても、お世辞にも綺麗とはいえない、あの建物の裏ですよ」

あの建物とは、黎明棟のことである。たしかに、テラスの横に泥だらけのユニフォームが干され、トレーニング用器具が放りだされていたら、すべてぶち壊しだ。

須藤は愛好会の四人にきいた。

「何か、思い当たることはあるかい？」

四人はそれぞれに顔を見合わせ、須藤から視線を外した。

「その様子だと、思い当たることがあるんだな。頼む、話してくれ」

結局、今回も口を開いたのは、市瀬だった。

「確信があるわけじゃないんだ。ただ、もしかしたらって、その程度のことなんだが……」

「構わん、話してくれ。そこからの判断は、我々がする」

「栄野川のヤツがこの辺をウロウロするようになったのは、去年の十二月くらいからかな。理由は不明。取り巻きも連れないで、一人、ブラブラしている姿を見かけた。本人は散歩みたいなふりをしていたけど、あいつが、当てもなく散歩するタイプじゃないことは、みんな、知ってる。何か魂胆があったに違いない」

須藤は薄を見て言った。

「どう思う？」

「栄野川さんがこの場所に対して何を感じ、思っていたのか、気になります」

市瀬は慌てて言葉を継いだ。

「待ってくれ。話はそれで終わりじゃないんだ。今年に入ってすぐだったかな、実は、ちょっとしたトラブルがあったんだ。栄野川がここでウロウロしていたら、スカイレインボーハリケーンゴッドフェニックスと鉢合わせした。あいつ、普段はツンと澄ましていて、わりと大人しいけど、怒るとけっこう激しい。びっくりしたんだろうな、栄野川を酷く攻撃したんだ。クジャクはそれなりに大きいし、向かってこられたら、かなりの迫力だ。栄野川は悲鳴を上げて逃げ惑い、スカイレインボーハリケーンゴッドフェニックスに三回蹴られて、手に引っ掻《か》き傷を作った。真っ昼間だったから、見ていた者も多くて、中には写真や動画を撮っていたヤツもいた」

「栄野川は、大恥をかいたんだな」

「そう。プライドが服着てるようなヤツだろ。もう怒り狂ってさ。だけど、うちの活動は一応、大学側からきちんと認められているものだから、どうにもできない。まあ、騒げば騒ぐほど、恥の上塗りになると気づいたんだな。そのうち、何も言わなくなった。ただ、そのまま終わるとは思っていなかった。泣き寝入りなんて、あいつのキャラじゃないからな」

「なるほど。そいつは、高本君を襲う動機にもなるな」

市瀬が興奮気味に言った。

「ということは、栄野川は返り討ちに遭ったたってこと？　なら、高本は正当防衛だよな」

「話を急ぐな。事は殺人だ。そう簡単には進まない。いずれにしても、加害者ではなく、被害者の身辺をもっと洗う必要があるな。どうだ、薄？」

薄はどこか遠い目をして、言った。

「愛らしいひよこや綺麗なクジャクが生きる場所を見て、何も感じない人はいないと思います。栄野川という人が、どういうつもりで、この場所を壊そうとしていたのか、とても興味があります」

「薄、いつも言ってるだろう、世の中の人は、みんながみんな、おまえみたいな動物好きとは限らん。ごくごく些細《ささい》な、つまらん動機で、動物の楽園を奪い取ったりするんだ」

「このまま高本君がいなくなったら、ここはどうなります？」

須藤は、回答を市瀬たちに求めた。重い沈黙の後、答えたのは、山口だった。

「今のまま高本さんがいなくなったら、正直、俺たちだけで維持する自信はありません。この場所も自然消滅してしまうかも」

また、もの凄《すご》い力で背中を叩かれた。薄だ。

「須藤さん、ここがなくなったら大変です。何としても、高本さんの無実を証明しましょう。いえ、無実でなくてもいいから無実にしましょう」

「おまえ、警察官として言ってはならないことを言ってるな」

山口が笑って言った。

「大丈夫。絶対に口外しませんから」

「そういう問題じゃないんだが……。まあ、とにかく、できるだけはやってみよう。まずは、栄野川の交友関係だ。彼と仲が良かった者の名前、判るかな」

市瀬が答える。

「浦司《うらじ》康生《こうせい》。経済学科の四年だよ。今の時間なら、カフェにいるかな。奥のテーブルで偉そうにしているヤツだ。行けば判るよ」

四

黎明棟の前を抜け、法学部棟を右手に見て進むと、学食や書店の入った建物が現れる。かつて学同院の学食といえば、都内の大学でもっとも高くて不味《まず》いと有名であったが、今は小綺麗なカフェやビュッフェ式のレストランに生まれ変わっている。

カフェの一番奥の席に、浦司はいた。ネイビーのシャツに白のパンツ、派手ではないが、靴から眼鏡《めがね》に至るまで、一流の品で固めている。ほっそりとなで肩でありながら、胸板や腹回りにはトレーニングの跡が見て取れる。男の周りには、似たような雰囲気の男が三人いる。

須藤と薄はカフェに入った瞬間から、注目の的になっていた。声を上げる者こそいなかったが、店内が一瞬静まりかえり、そこここで、ひそひそ話が始まった。

浦司たちも、近づいて来る須藤たちに視線を固定していた。浦司は、嘲笑《ちょうしょう》を含んだ目で、須藤を見る。

「何だ、おっさん。同伴で学内歩くなんて、勇気あんな」

テーブルを蹴り飛ばしたい欲求を抑え、須藤は身分証を示す。ここではあえて、所属部署の部分を指で隠す。

「警視庁の須藤だ。こっちは部下の薄。栄野川さんの件で、ききたいことがある」

「いい加減にしろよ。もう散々、話したぜ」

「簡単な質問に答えてくれるだけでいい」

「嫌だね。第一、ここは大学構内だ。警察の犬がウロウロしてていいのかよ」

生半《なまなか》の知識でほざきやがって。だが、相手は容疑者でも何でもない。強い態度に出ると、こっちの身が危うくなる。

浦司は勝ち誇った顔で、右手を上げた。

「悪いな。これでも俺、忙しいんだ。これからおばあちゃんの家に行ってさ、契約の手伝いをしなくちゃならないんだ」

「契約？」

「シロアリだよ。おばあちゃんの家、でかい日本家屋なんだけどさ。昨日、シロアリ駆除の業者が来て、無料で検査してくれたんだと。そしたら、床下から何かからかなりやられてるらしくってさ。おばあちゃんパニックになっちゃって。俺んとこに連絡来たわけよ。頼りにされてっからさ。で、業者と直接話して、今日、正式に契約することに……」

「待って」

薄が割りこんできた。「その契約内容、詳しく教えてもらえませんか」

浦司は制服姿の薄を、興味深げに眺めた後、頬の肉をくいと上げ、言った。

「なんで？」

「シロアリには詳しいんです。検査で見つかったのは、ヤマトシロアリですか？　イエシロアリですか？」

浦司は一瞬絶句した後、携帯をだして確認し始めた。

「イエシロアリだ。でっかい巣が床下にあって、それが柱を侵食してるんだと。放っておくと、家が傾くらしい」

「その検査を無料でしてくれたんですね」

「ああ。そんとき、床下で見つかったアリを捕まえて、サンプルとして置いていった」

　浦司は携帯の画面を見せた。数匹のアリが入った小瓶の画像である。

「いい業者でさ、工費は坪あたり一万円、全部で二十万いかないくらいだって」

「それ詐欺ですよ」

「え？」

「お年寄りを狙ったシロアリ詐欺です。初めは二十万となっていますが、いざ工事が始まると、水回りの修繕だとか、床下の湿気を防ぐため換気扇をつけるとか言って、値段をつり上げてきます。おばあさん宅は立派なお屋敷のようですから、百万ではすみませんよ。ごっそり持っていかれます」

　浦司は言葉を失っている。

「お年寄りならともかく、あなたのような人があっさり騙《だま》されるなんて、世の中、どうなってるのかと、坦々《たんたん》たる気持ちでピリ辛です」

　須藤は薄にささやく。

「坦々じゃなくて暗澹《あんたん》だ」

「どちらも似たようなものです」

「大きく違う！」

浦司は言った。

「詐欺だっていう証拠はあるのかよ」

「その画像のアリ、イエシロアリじゃなくて、ヤマトシロアリです。ヤマトの方が少し小さいんです。そのくらい、見て判るでしょう」

「判らねえよ。シロアリなんて見たの、初めてなんだから」

「とにかく、その業者と会ってはダメです。もう一度、家に通したら、あの手この手で、根こそぎやられます」

浦司は携帯をかけ始める。

「あ、俺だ。おばあちゃん宅にシロアリ駆除の業者が訪ねてくる。絶対に中に入れるな。つべこべ言ったら、叩きだせ。いいな」

携帯をポケットに収め、浦司は爽《さわ》やかな笑みを浮かべた。

「専属の警備員に連絡した。もう大丈夫だろう。いや、助かったよ、ありがとう」

薄に向かって、恭《うやうや》しく頭を下げる。このときとばかり、須藤は前に出る。

「では、少しお時間を」

「いいよ。悪いな、みんな、外してくれ」

取り巻きの三人は何も言わず、その場を離れた。須藤と薄が代わって席につくと、注文もしていないのに、コーヒーが運ばれてきた。

「おごりだよ」

「ありがとうございます」

立場上、飲むわけにはいかないが、こうした手合いには、徹底した低姿勢が効果的であると経験上、判っている。

「あなたは、栄野川さんと仲が良かったそうですね」

「まあね。いや、ショックだよ。あいつが殺されるなんて。しかも、訳の判らんものを飼ってる、訳の判らんヤツに」

薄が身を乗りだし、激しい調子で言った。

「ニワトリにひよこ、アヒルにクジャクです。訳の判らんものではありません！」

「えっと……あ、刑事さん、これ、どう反応したらいいのかな」

「動物を大切に。俺に言えるのは、それだけだ。ただし、気をつけた方がいい。こいつは、人間を動物とは見ていないからな」

浦司は薄気味悪そうに薄を見つめ、少しでも彼女と離れられるよう、わずかに身を引いた。須藤は続けた。

「栄野川さんと高本の間に、ちょっとしたトラブルがあったそうですね」

「ああ、クジャクの件ね」

浦司が噴きだした。「あいつ、クジャクにやっつけられて、逃げ回ってたんだよ。会員限定の動画サイトにアップされてて、笑った、笑った」

「栄野川さんはその件で、高本を恨んでいた」

「まあ、クジャクの管理責任は、高本にあるわけだから、当然でしょ」

「事件の夜、何があったと思います？」

「知らねえよ。俺、友達と六本木《ろっぽんぎ》にいたからさ。ま、これ想像だけど、栄野川が高本と話をつけに行って、返り討ちにされた。そんなとこだと思うよ」

「栄野川さんがクジャクに襲われたことなんですが、どうして彼は、あんな場所に行ったんでしょうか」

浦司の目が意味ありげに光った。

「その件について、面白い話があんだけど、聞きたい？」

「ぜひ」

「シロアリの礼だ。知ってると思うが、栄野川の親父ってのは、某外資系生保のライフプランナーだ。スーパープランナーとか言われ、いまじゃ、立派な管理職になって、相当、稼いでいるらしい。で、その親父にライバルがいた。同じ時期にヘッドハンティングされて業界に入った、二北純夫《にきたすみお》ってヤツだ。その二人が、今も出世争いみたいなことをしていて、犬猿の仲なんだそうだ」

一向に核心へと迫らない話に、須藤のイライラは限界突破寸前だった。以前なら、トイレに連れこみ、一生忘れられない体験をさせてやったところだ。今の須藤は口元に微笑みすら浮かべ、相手の一言一言に相づちを打っている。

「ふんふん、それで？」

「実を言うと、二北の息子も、学同院だったんだ。俺たちの二つ上、去年卒業して、ライターだか何だかをやってると聞いている」

まだ、話は見えない。浦司もそこは理解しているようだ。わざとじらしているとみえる。

「さあ、刑事さん、いよいよ、クライマックスだよ。息子の名前は二北幸義《ゆきよし》っていうんだけど、親父とは違って、白くて細くて、まあ、ものすごくいい男なんでもてたんだけど、ちょっと薄気味悪いっつうか」

「その二北と栄野川さんの間に何か？」

「いや、幸義は地味なヤツだったし、ほとんど接点はなかったなぁ。栄野川もちょっと避けてるとこがあった」

「それならば、どうして二北の話を我々に？」

「だから、今も言ったろ、二北はもてたの。女の噂は絶えなかった。そんな中でさ、一人、行方不明者が出てんのよ」

ようやく、結論めいたものが見えてきた。須藤は続けるよう、浦司を促した。

「二北が三年生のときだから、今から三年前か。うちの学生で、哲学科三年の吉川百合恵《よしかわゆりえ》が行方不明になった。世田谷区に住む、お嬢様だ。当然、両親は警察に訴える。その捜査の過程で、二北も話を聞かれている。何度か一緒にいるところを見られていたからだ」

三年前といえば、須藤は撃たれ、生死の境を彷徨《さまよ》っていたころだ。よって、吉川百合恵の件はまったく知らなかった。

「警察に、二北は何と答えたんだ？」

「詳しくは知らないけど、知らぬ存ぜぬで通したらしいよ。そうこうするうち、弁護士がどかどかやってきて、結局、うやむやになっちまった。吉川は今も行方不明のまま」

「なるほど」

「噂によると、二北はちょっとした変態野郎でさ。何人か危ない目に遭った女もいるらしい。中には訴えるだの警察を呼ぶだの、面倒なことになったケースもあったらしいが……」

「すべて、金でかたをつけた」

「さすが刑事さん、判ってるね」

「しかし、吉川百合恵行方不明事件と、栄野川さんがどう関係するんです？」

「いつのころからかさ、学内に妙な噂が流れ始めたんだ。二北は百合恵を殺して、学内のどこかに埋めたって」

「大学にはよくあるんでしょう？　その手の話は」

「掃いて捨てるほどね。ただ、栄野川はそいつを信じてたみたいだ。あいつ一時期、図書館にこもって、本気で調べ物とかしてたから」

「まさか、栄野川さんは、死体が本当に……」

「そう。あのクジャクたちの楽園に埋められているんじゃないかと、仮説をたてた」

「根拠はあるんですかね？」

「うちの大学は、ここ何年かで校舎の取り壊しや増築、新築を行った。栄野川はその辺を調べあげてきてさ、二北の在学中、死体が埋められそうな場所で、一度も掘削や改修が行われていない場所を突き止めた。それがあの場所」

意外にも説得力のある話だった。

「そうか、栄野川はクジャク小屋の周辺に、二北が殺した百合恵の死体が埋まっていると考えた。そこで、オープンテラスか。工事をすることになれば、何もしなくても、あの場所を掘り返すことができる」

「そう。そこで死体が出れば、二北はおしまい。一蓮托生《いちれんたくしょう》で親父もおしまい。そうなると犬猿の仲でもあった栄野川のパパは、祝杯をあげられる」

「そんなはずないです！」

薄が怒気を含んだ声で叫ぶ。これには少なからず、須藤も驚いた。

「薄、何か考えがあるのなら、言ってくれ」

「犬も猿も縄張り意識の強い動物ですから、たしかに喧嘩《けんか》もします。でも、野生動物なんて、どの種族も似たようなものでしょう？　ライオンとトラだって、カブトムシとクワガタムシだって、縄張り内で出会えば、喧嘩しますよ」

「待て、おまえ今、何の話をしているんだ？」

「犬と猿ですよ。この人が、仲が悪いみたいな言い方するから。いいですか、たとえ犬と猿だって、小さいころから一緒に育てれば、すごく仲良くなります。餌が豊富にある環境であれば、一緒に育ちます。そもそも、日本では『犬猿の仲』なんて言いますけど、英語では、Like Cats And Dogs なんですよ。犬と猫です」

「今はことわざ解説の時間じゃないぞ！　まったく……。また話の内容を忘れちまったじゃないか。そう、祝杯。なるほど、死体があると信じて、栄野川はあの場所にこだわっていたのか」

浦司は言う。

「俺はくだらないと思ってたんだけどね。人殺しが捕まるのはいいことだけど、そんなあるかないか判らない死体のために、人を動かして、必要もないオープンテラスとか作ろうとしてさ。時間の無駄だっつうの。もっと面白いことに使わねえと、大学生活なんて、すぐ終わっちまう——そう何度か言ったんだけどな」

「栄野川は本気だった。それで、あの場所を何度も見に行った。クジャクに襲われたのはその時か。それで、高本を逆恨みして……」

「だけど須藤さん、あんなところに死体はないと思いますよ」

薄が呆気《あっけ》なく、すべてを否定する。

「どうしてそう言い切れる？」

「条件にもよりますが、遺体の分解はけっこう速いです。ただ、何の痕跡も残さず消し去るのは、不可能です。分解中はウジやハエなどが大量に発生しますし、アリや野

良犬なども やって来ます。これだけ人通りのある場所なら、誰かに気づかれます。もし、気づかれずに分解が終わったとしても、骨は残ります」

「深く埋めれば、大丈夫だろう」

「犬の嗅覚《きゆうかく》をなめちゃダメですよ。大抵、掘りだされます。人の骨をくわえた犬が、大学を走り回っていたら、間違いなく、大騒ぎになるはずです。そんな騒ぎは一度も起きていないですよね」

浦司はうなずく。

「ああ。思想的な運動も宗教的なサークルも、うちにはないからな。何事も平穏第一。それだけに、今回の殺しは衝撃的だったよ」

薄は続ける。

「その程度のこと、判らなかったのかなぁ。ありもしない死体のために、クジャクやニワトリの楽園が潰《つぶ》されるなんて、絶対許せない」

須藤はため息交じりに言う。

「同じ事を、高本も考えたかもな」

「そんなこと、あるわけないです」

「断言したな。根拠は？」

「あんなに美しいクジャクを育てる人が、殺人犯のわけありません」

「却下だ」

「高本さんが犯人だと、クジャク愛好会は解散のキーキーです。猿です」

「危機だ。うん、たしかにな」

「だから、高本さんは犯人じゃないんです」

「無茶苦茶だ。だが、その二北とか言うヤツには、会ってみるべきかもしれんな」

「どうしてです？」

「薄はないと言うが、もし、栄野川が正しかったとしたらどうだ？　あの場所を掘り返されては困る理由が、二北にはあったことになる。栄野川を殺し、罪を高本に着せれば、完璧《かんぺき》じゃないか」

「うーん、でも、死体はないと思いますよぉ」

「万が一ってこともある。浦司君、二北の住所、教えてくれないか」

浦司はニヤニヤと笑いながら、須藤と薄を交互に見た。

「もちろん、教えるよ。それにしても、あんたら、面白れぇなぁ。見てて飽きねえよ」

五

二北の住まいは、南大塚《みなみおおつか》にあった。通りに面した駐車場に車を入れ、今回も芦部は車内に残す。動物アレルギーの発作は大分、おさまったようであったが、無理はさせられない。芦部本人にしても、無理をする気はさらさらないようだ。

浦司から聞いた所番地を頼りに、住宅街の中を歩く。近代的な新築マンションが並ぶ一角だ。何もかもが整然としており、酷く人工的な印象だ。こんな所では、かえって落ち着かないだろうに。須藤はそう感じるが、マンションは全戸完売、次世代のための新しい街として、大々的に売り出し中らしい。そんな建物の中に、壁をツタに覆われた古びた洋館があった。表札には二北とある。何度も確認したが、ここで間違いがないようだ。

「聞いていた人物像とは、印象が違うなあ」

典型的な金持ちボンボンとして、嫌味なほど立派な屋敷に住んでいると勝手に想像していたのだが。

浦司によれば、この屋敷で二北は一人暮らしをしているという。

石造りの門柱に設置された、古びたインターホンを押す。しばらく待たされた後、暗い声で「はい」と応答があった。

身分と用向きを伝えると、これまた暗い声で、「どうぞ」と言う。須藤たちの前には、観音開きの門があったが、鍵《かぎ》はかかっていないらしい。押すと、ギリギリと耳障りな音をたてて開いた。門から屋敷の間は、鬱蒼《うっそう》とした緑に包まれていた。緑といっても、手入れされたものではない。茂るに任せた、野生の緑だった。ふと見ると、下草の陰に、大きなネコが二匹、こちらを見上げている。振り返って塀の上を見ると、そこにもネコがいる。

「薄、えらくネコが多いな」

「野良ネコですね。街中とはいえ、野良ネコはけっこういますから、不思議はないのですが、この家にだけ集まってくるというのは……。餌でもあげているのかな」

玄関が開き、青白い顔の痩《や》せた男が姿を見せた。二北幸義に違いない。須藤はあらためて身分証を見せ、栄野川殺害事件について調べている旨を告げた。二北は表情にとぼしく、心の内を読み取るのが、何とも難しい。身分証をつきつけられても、ただ「はあ」とうなずいただけで、感情の変化は何も表れなかった。須藤にとって一番、やりにくいタイプだ。二北は玄関前に立ち、中に入れとも言わない。結局、その場で質問を始めることになった。

「栄野川さんと最近、話をされましたか」

「いいえ。同じ大学の先輩後輩ですが、親しくはなかったですから」

「それは、お父様のことが影響されているのですかな？」

「関係ないと思いますよ。僕と彼とでは、入学年度も、学部学科も違います。接点がほとんどないわけですから、親しくなりようもありません」

付け入る隙《すき》もない。須藤は揺さぶりをかけることにした。

「栄野川さんは最近、吉川百合恵さんのことについて、調べていた節があるんです」

「百合恵ですか……。そのことでは、ずいぶん酷い目に遭いましたよ」

初めて、二北の目に感情の揺らぎが垣間見えた。

「でも結局、警察の勝手な思いこみだったんです。僕は彼女の件とはまったく無関係だ」

「いや、今日はその件を蒸し返しに来たわけではないんです。栄野川さんが……」

「彼が何をしていたのか、僕は知りません」

「クジャク愛好会、知ってますか？」

「知っていますよ。少々、変わった集団のことでしょ。交流はなかったけれど、嫌いではないですよ、ああいう人たち」

二北の表情に目を凝らすが、これといっておかしな点はみられない。さきほどの微かな揺らぎも、既に消え去ってしまっている。

「栄野川さんがあそこを潰して、オープンテラスを作ろうと、運動していたようなのですが」

「何となく聞いてはいましたよ。まったく馬鹿げた話です」

「彼はなぜ、そんな運動を立ち上げたのでしょうか？」

「さあ。僕には関係ないことですから」

本心から言っているのか、ただとぼけているだけなのか。やはり判断がつかない。二北を攻略する情報を何も持たない以上、ここで引き下がり、次の機会を待つべきなのだろう。判ってはいるのだが、須藤はその場を動かなかった。二北には、何かある。彼が百合恵失踪《しっそう》に関わっていようといまいと、もし栄野川が自分の周りを嗅《か》ぎ回り始めたら、そのまま放っておくようなことはしないだろう。敵の情報を集め、備えをするに違いない。

「本当のところ、捜査は暗礁《あんしょう》に乗り上げていましてね。容疑者が挙がったのはいいのですが、どうにも決め手がありませんでね」

「クジャク愛好会の高本という男が逮捕されたと聞きました」

「まだ、逮捕には至っておりません。取り調べ中です。本人は全面的に否認していま す。こちらとしても、もっと踏みこんで攻めたいのですが、動機がどうにもはっきり しませんので」

「栄野川は彼らのテリトリーを破壊しようとしていた。充分じゃないですか」

「しかし、オープンテラス建設運動は、一進一退でしてね。まだ負けたと決まったわ けでもないのに、相手を殺しますかね」

「まあ、それはそうですね」

「このままだと、もう一度、栄野川さんの身辺を徹底して洗うことになりそうです。 あなたのところにも、また捜査員が来るかもしれません。まあ、今日のところは、こ れで」

須藤は頭を下げる。横を見ると、薄は地面を歩くアリに注意を奪われているようだ った。

須藤は耳元でささやいた。

「行くぞ」

「あ！　はい、行きましょう」

薄がぎくしゃくとした動きで敬礼をしたとき、二北が言った。

「捜査に役立つかは判りませんけど……」

須藤は内心、ほくそ笑んでいた。ようやっと、相手を動かすことができた。

「何でしょうか」

「噂を聞いたんです。栄野川君に関する」

「どんな噂です？」

「保健所から犬を引き取ったと」

「犬？」

「ええ。殺処分寸前の犬を三頭、引き取ったらしいんです。正直、そんなことをする人間には見えなかったし、まして、ペットとして犬を飼うなんて、イメージが湧《わ》きませんでね」

須藤が得た栄野川に関する情報の中に、飼い犬の件は含まれていなかった。なぜだ。

もし自宅で飼われているのであれば、真っ先に、須藤たちの耳に入るだろう。そうしたペットの世話をすることこそが、本来の仕事だからだ。にもかかわらず、連絡は来ていない。では、犬はどこにいったのだ？

トンネルの向こうに、光が見えた気がした。

「情報、ありがとうございます。我々の方で、調べてみます」

「早く事件が解決するよう、祈ってます」

冷たく言い放つと、二北はぴしゃりと玄関扉を閉めてしまった。

「さて、薄、行くか」

わざと大きな声をだす。薄は須藤の袖を引っ張った。

「でも須藤さん……」

「いいから、いったん外に出るぞ」

須藤は薄と共に門を出て、そのまま道を進む。一つ目の角を曲がったところで止まった。薄が勢いこんで言った。

「須藤さん、アリ！　アリがいました。ネコも」

「俺にはよく判らないが、気になるのか？」

「アリが何に群がっているのか、なぜ、ネコが集まってきているのか、確かめたいんです」

「判った。五分待って、引き返そう」

腕時計で五分計った後、慎重に二北の屋敷に近づく。屋敷は二階建てであり、表を見下ろすことのできる部屋もあるだろう。二北は恐らく警戒している——そんな予感が須藤にはあった。塀に張りつくようにして、素早く門の前へ。門を軽く押してみると、鍵がかかっていた。予感が確信へと進んだ。

「薄、俺が許可する。やれ」

「はーい」

薄は、胸ポケットから針金をだした。こうしたものを常備しているのもどうかと思うが、今は、状況優先である。鍵が開くのに五秒とかからなかった。門を開けると、大きな音がする。二北が気づかずにいてくれることを、祈るしかない。もっとも、須藤には勝算もあった。いかな二北でも、警察官がピッキングして侵入するとは、思わないだろう。荒れ放題の庭に入った須藤は、薄を先にたてて、進んでいく。

「行動はおまえに任せる。好きにやれ」

「はぁい」

薄が真っ先にしたことは、アリの一群を見つけることだった。

「いたいた」

そのまま、四つん這《ば》いになって、アリの行列を追っていく。ひと筋の黒い線は、ところどころにぬかるみの残る荒れた地面を進んでいく。覆い被さるようにして茂る下草をかき分け、行き着いた先は、屋敷の北側だった。この壁面に窓はなく、隣家とを隔てる高い塀がすぐ間近に迫っていた。そして、塀の上には、茶色いネコが一匹、座っていた。

匍匐《ほふく》前進をしたため、スーツは泥だらけだ。そんな中、アリの隊列だけが、乱れることなくまっすぐ続いていた。それは、地面のある一角で、丸い輪へと変化していた。壁と塀の間は、人一人がやっと通れるほどしかない。薄はその隙間に、リスのようにスルスルと入って行く。塀の上のネコは、逃げもせず、その様子を見下ろしていた。

「須藤さん、来て下さい」

須藤も膝立ちとなって、壁伝いに進む。薄が指さしていたのは、壁と地面の境目だった。そこに、通風口のような小さな穴があった。

しかし、よく考えれば、通風口であるはずがない。こんなところに口を作っても、雨が降れば水が流れこんでしまう。かといって、排水口とも思えない。

薄は周辺の土を示す。

「見て下さい。ネコの足跡や糞がいっぱい。もしかすると、ネコの餌場になっているのかも」

「餌場？　こんな場所にいったい誰が餌を置くんだ……」

言いながら、須藤はぽっかりと空いた穴に目を落とした。アリの隊列は、丁度この穴の周りで黒い輪を描いている。

「この穴から、食べ物を……」

須藤は立ち上がり、玄関に向かって走った。薄を振り返る暇もなく、玄関扉を蹴り飛ばす。木片を飛び散らしながら、扉は奥へと倒れこんだ。暗い廊下を走りながら、須藤は頭の中で、間取りと方向を計算する。突然、右手のドアが開き、血相を変えた二北が飛びだしてきた。血走った目をかっと見開き、金属バットを振り上げている。須藤は振り下ろされたバットをかいくぐり、二北の襟を両手で摑む。そのまま、払い腰の要領で、廊下の床に叩きつけた。その脇をひらりと身を躍《おど》らせ、薄が駈け抜ける。

「薄、廊下の角を右だ。その先に、地下へ下りる階段か何かが……」

薄の姿はすでに角の向こうに消えていた。須藤は足元でうめく二北の顔面に一発お見舞いすると、ベルトを外し、両手首に巻きつけ固定した。仕事の性質上、須藤は手錠を持っていないからだ。完全に気絶した二北をその場に放りだし、薄の後を追う。

角を曲がってすぐの壁に、四角い穴が空いている。見れば、真っ暗な地下へと下りる階段がある。壁に設《しつら》えられた隠し階段だ。中から、「須藤さーん」という薄の声が聞こえる。階段を駈け下り、鉄の扉を開く。その向こうは、四畳ほどの部屋、いや、牢獄《ろうごく》だった。天井は低く、須藤は腰をかがめないと進めない。照明はなく、北側の壁の天井付近に、ぼんやりとした光がある。須藤たちが外から見つけた、あの穴だ。そこから、光が差しこんでいるのだ。

部屋の真ん中には、白いガウンをはおった女性が、薄に抱かれて泣いていた。

吉川百合恵だった。

六

「三年間、監禁されていたわけですか」

ハンドルを握りながら、芦部は言った。

「ああ。まったく酷い話だ。百合恵さんは与えられる食事を、少しずつ、通風口代わりの穴から外にまいていた。そこに、ネコや鳥、アリが集まっていたんだ。頭のいい、お嬢さんだよ。精神力もある」

「何とか、立ち直って欲しいですね」

「時間は相当、かかると思うが……。それにしても二北の野郎、もう何発か食らわしておくんだったな」

後部シートに座った須藤は、収まりきらない怒りのやり場に、苦慮している。横にいる薄も、内心、穏やかではないようだった。

「彼をあの部屋に閉じこめて、カノウジョージを放ってやりたいです」

「同感だ」

芦部が声を震わせる。

「なに、危ないこと言ってるんですか。そんなことしたら……」

「冗談だ。冗談だよ」

「でも、いいんですか？　現場離れてしまって」

「所轄の人間に任せておいた。あとは日塔が何とかするだろう」

「もったいない。行方不明の女性を見つけたうえ、犯人を捕まえたんですよ。大手柄じゃないですか」

「何を手柄と考えるかは、人それぞれだ。さあ、急げ。もっとスピードを上げろ」

「一応、ナビの表示通りに走りますけど、本当にこっちでいいんですか？　何もない山奥に向かってますよ」

「いいんだ。丹沢湖《たんざわこ》の南に、栄野川家の別荘がある。そこに大至急だ」

「そこに何があるんですか？」

「栄野川は犬を三頭、保健所から引き取った。にもかかわらず、彼が犬を飼い始めたなんて情報はどこにもない。自宅に犬のいる様子もない。となれば、おまえなら、何を疑う？」

「うーん、犬を引き取ったのに、その気配がないってことは、どこかに隠してるってことですかね。でも、犬は吠《ほ》えるし……」

「そこだ。いい線いってるぞ。栄野川は引き取った犬をどこかに隠している。とすれば？」

「そうか！　人里離れた場所！」

「薄の提案で、栄野川家が所有する別荘を調べた。条件に当てはまるのが、今、向かっている場所だ」

「だけど、栄野川の目的は何なんです？　わざわざ犬を引き取って、それを隠して育てるなんて」

「二北の野郎も胸くそわるいヤツだったが、どうやら栄野川も同類だったようだ」

右手に丹沢湖が見え始めたとたん、車は左折して、山の中を通る一本道へと入る。

曲がりくねった道を登っていくと、突然、鉄製のゲートが現れた。ゲートには「私有地のため立ち入り禁止」と書かれた金属製のプレートがぶら下がっている。止める間もなく、薄が車を飛び降り、ゲートの錠をいじり始めた。ものの数秒で開く。須藤は薄と共に、ゲートを開け、車を通した。

鬱蒼とした林の中を数分走ると、突然、視界が開け、真新しいログハウスが現れた。芦部が薄気味悪そうに外を見ながら、言った。

「こんなところに別荘を建てて、何がしたかったんでしょう」

「さあな。栄野川の親父が、一人思索にふけるために作ったんだとか。実際には、何をしていたのか、判ったものじゃないが」

「つまり、浮気用のホテルがわりとか?」

「その辺のことは後だ」

車を降りると、激しく吠える犬の声が聞こえてきた。須藤の脇を、薄が走り抜けていく。まさに犬が駈けるような速度だ。薄は手すりをスルスルと登り、ウッドデッキに立つと、窓から中を覗《のぞ》きこんだ。

「部屋の中にはいません。この声の方角……、多分、地下です」

ログハウスの裏に回ると、地下室へと通じる階段があった。下りた先には、鉄のドアがある。犬の声はその向こうから聞こえていた。

階段を駈け下りた須藤はノブを回す。当然、鍵がかかっている。またも、薄の出番だった。簡単に解錠すると、薄は須藤を見た。

「よし、慎重にいけ」

薄が薄くドアを開ける。とたんに、荒れ狂う犬の吠え声が辺りの空気を震わせた。低いうなり声と、キャンキャンという甲高《かんだか》い叫びが入り交じっている。

「どうだ、薄？」

「大丈夫です。三頭とも、檻に入っています。でも……」

真っ暗な室内に、小さな檻が三つ。その中に、犬が一頭ずつ入れられていた。水も餌も満足に与えられなかったのだろう、やせ細り、毛もあらかた抜け落ちているため、骨がくっきりと浮きだしている。牙《きば》をむきだし、涎《よだれ》を垂らし、敵意に満ちた目で、須藤たちを睨んでいる。鉄の檻に何度も体をぶつけたためか、三頭とも、血だらけであった。

「こ、こいつは……酷いな」

「須藤さん、私の知り合いに、こうした犬のケアを専門にしている獣医がいます。連絡してもいいですか」

「無論だ。任せる」

薄は泣きそうな表情で、外に出て行く。代わって、芦部が駈けこんできた。

「うわっ、こりゃ酷い」

「人間ってのは、どこまで、残酷になれるのかね……」

そんな思いに苛まれるのは、この半日の間に、二度目だった。人よりも動物を愛する薄の気持ちが、初めて理解できたようにも思う。いや、もしかすると薄は、もう人間への期待を止めているのかもしれない。

「おい、ちょっと、あんた」

階段の上で、男の険しい声がした。須藤は慌てて地上に戻る。いつのまに来たのか、パトカーが一台駐まり、二人の警官が薄を詰問していた。

「まず、携帯を切りなさい。それから、その格好は何？　遊びで警察官の格好をしたら、法律違反になるんだよ」

パトカーはこの区域を管轄する所轄警察のものだ。開いたままのゲートを見て不審に思い、ここまで来たのだろう。須藤は二人に近づいていった。まずは身分証を掲げる。

「警視庁の須藤だ。そこにいるのは、部下の薄圭子。重要な連絡を行っている。彼女から離れろ」

若い二人の警官は、そう言われても、とまどうだけで、動こうとはしない。

「薄、こっちは任せておけ。必要な連絡は頼んだぞ」

須藤は警官たちの前に仁王立ちとなる。

「おまえたち、この周りは毎日、パトロールしているのか？」

「え？　はい、まあ」

「あの地下に犬が三頭、閉じこめられていた。気づかなかったのか？」

「はぁ？　犬？」

二人は顔を見合わせる。

「さあ、気づかなかったです」

「でも、犬ってどういうことですか？　たしかに、犬の鳴き声がするっていう通報はあったらしいですけど」

「通報？　どういうことだ？」

「昨日、一昨日と、この辺で犬の吠える声がする。野犬かもしれないから調べてくれっていう通報が」

「それで？」

「それでって……、それだけです」

「何もしなかったのか」

「ええ。実際に誰か襲われでもしたら別ですけど、そんな話は聞かないし、多分、イタズラだろうって」

　彼らが迅速に行動していれば、犬たちはあと二日早く保護されたのだ。怒りがフツフツとわいてくるが、それを何とか飲みこむ。もし須藤が彼らの立場であったなら、やはりイタズラとして処理していただろう。

　袖をぐいと引っ張られた。薄だ。通話を終え、須藤たちの話を聞いていたらしい。

「その通話って、録音されていますか？」

「ああ、恐らくされているだろう」

　薄は警官たちにきく。

「それはどんな声でした？　男？　女？」

「さあ、直接聞いたわけではないので、正確なところは判りませんが、男とも女ともつかない、変にくぐもった声だったと」

　薄が目を輝かせながら言った。

「須藤さん、これ、手がかりになるかも」

「はい」

怯《おび》えを含んだ声で、答えがあった。

「あ、もしもし、警視庁の芦部です」

声が緊張で上ずっている。落ち着けと、須藤は身振りで示す。スピーカー状態にした携帯を前に、芦部は額に汗を浮かべながら、続けた。

「えっと、棚橋由賀里さんですよね」

「ええ」

「実は一つお願いがありまして。孵卵器に入っているクジャクの卵の件なんです」

「……はぁ。卵が何か？」

「実は事件に関する重要な証拠が卵に残されている可能性が出てきました」

「はぁ？」

「オークションで高本さんが買われた卵です」

「それは、どういうことでしょうか」

「まだ、何とも申し上げられないんです。事件に関することなので。あの、お願いというのはですね、明日朝一番で、鑑識の者が参りますので、それまで、孵卵器の卵には絶対に手を触れないよう、愛好会の皆さんに伝えていただきたいんです」

「え、私がですか？」

「はい。実は市瀬さん、山口さんにも連絡したのですが、応答がなかったもので」

「判りました。伝えておきます」

「よろしくお願いいたします」

通話は切れた。芦部は「ふう」と大きく息をついた。

「これでいいんですか？」

「まあまあの出来だ」

須藤は答える。

「これで、どうなるんです？」

「学同院に戻る。あとは、待つだけだ」

七

午前一時を回ってなお、雑木林の中はまとわりつくような暑さに包まれていた。ときおり、耳元をヤブ蚊の羽音がかすめていく。肌の露出は最低限にしていたが、既に手首や首筋を何ヵ所かさされていた。孵卵器のある小屋との距離は十メートルほど。気配を悟られては元も子もないので、迂闊《うかつ》に掻くこともできない。

コンディションは悪かったが、逆に須藤の心は、久しぶりの張りこみに燃えていた。かつてはこんなことが、日常茶飯事であったのだ。一方、横にいる薄は、須藤ですら存在を忘れるほど気配を消している。「気配を消すのは名人です。シマウマが目と鼻の先で、あくびをするくらいです」と自信のほどをのぞかせていたが、さすがと舌を巻くよりほかない。

午後十一時くらいまで、ざわざわとしていた学内も、今はひっそりとしている。黎明棟の明かりも消え、人の気配もない。

さらに待つこと五分、かすかな足音が聞こえた。ニワトリ小屋を大きく迂回し、須藤たちの方に近づいて来る影がある。影はしばしその場に留まり、周囲の気配を探っているようだった。そこから慎重に歩を進め、孵卵器の小屋へとたどり着く。床の軋《きし》む音がした後、小屋内がぼんやりと明るくなった。携帯の明かりだ。何者かが、その明かりで孵卵器を照らしている。影は慣れた手つきで蓋を開けると、並んだ十個の卵のうち、五つを取りだし、それらをそっと床に並べる。そして、一つずつ手に取って光にかざし、細かくチェックしていく。

須藤は立ち上がり、懐中電灯をつけた。薄、少し離れたところにいた芦部も同じ行動を取る。三つの光に照らしだされ、小屋内で凍りついているのは、市瀬だった。

「な、何ですか!?」

「それはこっちのセリフだ。こんな時間に、こんな場所で何をしている?」

「な、何って、決まってるじゃないですか。卵のチェックです。孵卵器に入れた卵は、定期的に動かさないとダメなんです」

「朝まで、卵には触れないようお願いしたはずだがね。それとも、由賀里さんから、聞いてないのか」

「由賀里からは聞いた。でも、一方的にそんなこと命令するのは、横暴だろう。卵の管理はちゃんとしないと」

「卵を動かすだけなら、一つ一つ、取りだす必要はない。それらをどうするつもりだったんだ?」

「い、いや、その……」

「重要な証拠。由賀里さんから聞いて、気になったんだな。そして、確認するため、ここに来た」

「な、何を言ってるのか判らないな。たしかに、俺は卵を確認しにきた。当然だろう。高本がいないんだから、俺たちでしっかり管理しないと……」

「違うな。おまえは餌に食いついたんだよ。俺たちのまいた餌に。栄野川さんを殺したのは、おまえだな」

「……何を言ってるのか判らないな」

「あの夜、釣りに出かけたというのは、嘘《うそ》だ。おまえは、学内にいたんだ」

「な、何を根拠に？　俺は釣りに行った。あの日は学内に入ってもいない」

「本当か？」

「ああ」

「それならばなぜ、その卵を選んだ？」

「え？」

「おまえが並べている五個の卵さ。それは、事件の少し前、高本君が宅配便で受け取ったものだ」

「それがどうした。滋賀の神社からのものが五個、オークションで買ったのが五個」

「そう、卵は計十個。問題は、あんたがどうやって卵を見分けたのかってことだよ。卵は、多少の違いはあれ、どれも同じように見える。おまえはどうして、迷いもなくその五つを選びだしたんだ？」

「な、並びだよ。並びで判断したんだ」

「卵は一日三回、動かすんだろう？　並びなんて、すぐに狂ってしまうぞ」

「そ、それは……」

「卵を入れるところを、見ていたからじゃないのか。あの夜、高本君が孵卵器に卵を追加するところを、おまえはその目で見ていた。だから、追加された五つが判別できたんだ」

市瀬は再び、黙りこんでしまった。須藤はたたみかける。

「あの日は一度も学内には入らなかった。おまえはそう言ったよな。卵はあの日の夕方六時前に、高本君の手元に届き、午後九時頃、高本君の手で孵卵器に並べられている。十個の卵を判別できる人間は、いまのところ、高本君しかいないんだ。おまえはあの夜、この場所にいた。そして、高本君が孵卵器に新たに届いた五つの卵を入れるのを見ていたんだ」

市瀬は肩を落とすと、床に置いた卵を一つ一つ、そっと孵卵器に戻していく。須藤は続けた。

「おまえは、栄野川をここに呼びだし、前もって用意しておいた石で殴り殺した。石にはクジャクの糞が前もってつけてあったのさ。遺体は台車か何かに載せて、駐車場まで移動。栄野川の車に乗って、河川敷へ。遺体を捨て、手にクジャクの羽を握らせた後、再び同じ車で学同院に戻って来た」

「大した想像力だよ、刑事さん。あの夜、そんなことが本当にあったのかもしれない。でも、それは俺じゃない。俺だと示す証拠は何もない」

「そうだろうか？　おまえは高本君が新しい卵を孵卵器に入れるのを見た。どんな卵なのか、どんな状態なのか、気になって仕方なかったんじゃないか？　孵卵器を開いて、中を見たかったはずだ」

「さあ、どうかな」

「蓋を開き、卵に触れたかもしれない。そのとき、手袋はしていたのか？」

市瀬はしばらくポカンとした顔をしていたが、やがて、声を上げて笑い始めた。

「もしかして、重要な証拠ってのは、そのことか？　卵に俺の指紋？　それを証拠にするのは、無理な相談だ。栄野川の事件の後、俺は何度か卵に触っている。たったいま、あんたも見ただろう？　俺は五個全部に触っている。指紋がついていても、全然、おかしくない」

「ただの指紋ならな。卵を触ったとき、血がついていたとしたら、話は別だ。血液は拭《ふ》いたくらいじゃ落ちない。検出する薬品だってある」

市瀬の顔から笑いが消える。

「おい、それはあんたの推論だろ？」

「どうなんだ？　おまえは、被害者の血がついた手で、卵を触ったのか」

「触るわけがない。いや、そもそも、栄野川の血が俺につくことなんて、あり得ない」

「信じられないな。その卵は、うちで預からせてもらう。鑑識が徹底的に調べるんでな」

「バカな。そんなことをしたら、卵はどうなる」

「そんなこと、俺たちは知らない」

「汚ねえぞ」

「卵がダメなら、栄野川の車を徹底的に調べる。運転中は手袋をしただろうし、細心の注意を払っただろうが、どこかに見落としがあるかもしれん。それでダメならクジャクだ。被害者はクジャクの羽を握っていたからな。サカタニやスカイレインボーハリケーンゴッドフェニックスを証拠品として……」

市瀬が摑みかかってきた。思っていた以上に強い力だった。須藤はその力を正面から受け止める。

「さあ、どうする？　何を言われようと、俺たちはあきらめんぞ」

「くそっ」

市瀬は手を離すと、その場に座りこみ、恨めしそうな目で、孵卵器の中の卵を見つめた。やがて、両足を投げだし、自嘲的な笑みを浮かべながら、須藤を見上げた。

「負けた、負けたよ。あんたの言う通り、栄野川を呼びだして殺したのは、俺だ。すべて、前もって計画したことだ。想定外だったのは、栄野川が来る直前、高本が卵を持ってやって来たことかな。もし二人の時間が少しずれて、鉢合わせしていたら、俺の計画はパア、栄野川はまだピンピンしていたかもしれない。ところで刑事さん、きいてもいいか？」

「何だ？」

「栄野川が監禁していた犬、どうなった？」

「今は動物専用のシェルターにいる。警察に電話したのは、やっぱり、おまえだったんだな」

「栄野川のヤツ、三頭をここに放つつもりだったんだ。ニワトリもクジャクも、殺そうとしてたんだよ。許せないだろう、そんなヤツ」

「だから、殺したのか？」

「それもある。俺はとにかく、この場所を守りたかった。それだけだ」

巨木の陰に隠れていた薄が、ようやく姿を見せた。

「遺体をわざわざ学外に持ちだしたのは、動物たちのことを考えてのことですか？」

「そうだよ。ここに死体があったら、警察がわんさとやって来て、徹底的に調べられる。サカタニやスカイレインボーハリケーンゴッドフェニックスもどうなるか判らない」

「それならなぜ、ここで殺したんです？　別の場所でやればよかったじゃないですか。いっそ、最初から河川敷で」

「それじゃあ、ダメなんだ。犯行現場はここでなくちゃ」

「なぜ？」

須藤が答えを引き取った。

「高本君に罪を着せるためだ」

市瀬は人差し指で須藤をさし、気取った仕草で言った。

「その通り」

「では俺からもう一つ、質問させてくれ。なぜだ？　なぜ、そこまでして、高本君に罪を着せようとした？」

「さあね」

「調べでは、高本君が内定している会社、おまえもエントリーしていたようだな。第一志望の会社だったそうじゃないか。結果は高本君が受かり、おまえは落ちた。それが動機か？」

市瀬は再び笑いだした。

「そんなこと、全然、関係ないですよ」

「だったら、なぜだ」

「だから言ったでしょう、さあね」

「ふざけるな」

「ふざけてなんかいませんよ。本当のところ、自分でもよく判らないんだ。あいつとは、入学したときから、一緒だった。親友と呼んでもいい。あいつはホント、不思議な男でね。マイペースで、何かに打ちこみ始めると、途端に周りが見えなくなる。あっちこっちに迷惑かけて、顰蹙《ひんしゅく》買って、それなのに、人から好かれ、頼りにされる。天才というか、カリスマというか、とにかく、よく判らない男なんだ。クジャク愛好会だって、あいつを中心に回っている。俺なんかがいくらがんばったって、かなわない。だから……」

市瀬は惚《ほう》けたような表情で、暗闇《くらやみ》の中にあるクジャク小屋に目を向けた。

「試してみたかったんだ。高本がいなくなったら、どうなるのか」

ハリネズミを愛した容疑者

一

須藤友三《すどうともぞう》が着いたとき、池尻耕作《いけじりこうさく》は既にできあがっていた。カウンター上には、空になった銚子《ちょうし》が二本置いてあり、丁度、三本目に手をつけようとしたところだった。

「遅れてすまん」

須藤は詫《わ》びて、隣に座る。新宿《しんじゅく》にある小さな飲み屋だった。カウンターが六席と二人がけのテーブル席が二つ。午後五時過ぎという時間のせいか、客は須藤たちのほかにいなかった。カウンターの向こうでは、染《し》みのついたトレーナーを着た親父《おやじ》が、炭火で鳥を焼いている。

池尻は須藤の同期である。柔道三段の猛者《もさ》で、正義感に溢《あふ》れる男だった。交番時代も次々と手柄をたて、刑事畑のエースになると目されたこともあった。数年後、須藤が捜査一課に配属となったのは、池尻よりほんの少し要領が良く、運も良かったためだ。実際、警察官としての素養、能力については、池尻の方が上であると須藤は今でも思っている。実力や才能が、そのまま反映されない。警察という組織の歪《いびつ》な部分でもあった。

一課に行けなかったことが影響したのかどうなのか、池尻はその後、大した手柄を挙げることもなく、所轄の刑事課を回るだけの男になった。今は愛宕西《あたごにし》警察署勤務だ。須藤と同じく独身を貫《つらぬ》いており、ずっと寮生活を続けていたが、一昨年に父親を亡くし、その後は母親の介護のため、高円寺《こうえんじ》にある自宅に移った。その母親も今年初めに亡くなり、今は一戸建てに一人暮らしと聞いていた。

普段は電話一本、メール一通のやり取りもないが、一年に一度か二度の割合で、ふと思いだしたように連絡がくる。特段、用事があるわけでもない。ただ、愚痴《ぐち》と思い出話に華《はな》を咲かせるだけの数時間だ。

池尻がなぜ、須藤を誘うのか、須藤当人には判らない。須藤のせいで狂った人生の顛末《てんまつ》を見せつけたいだけなのか、それとも、須藤の挫折《ざせつ》した姿を見たいのか。いずれにせよ、須藤には断る選択肢がなかった。須藤は須藤で、池尻に対し、多少の申《もう》し訳《わけ》なさがあったのである。

池尻は赤らんだ顔をこちらに向け、言った。

「何だ、総務課は定時かよ」

「これでも忙しい方さ。人事から書類が届いてな。それに目を通していたら、あっという間に夕方だ」

「人事からとは、穏《おだ》やかじゃないな。異動か？」

「俺じゃない。それに、出る方じゃなくて、来る方だ。うちに一人、新しいのが入ったんだよ。その書類さ」

「このご時世に人員補充かよ。うらやましいね」

「補充と言っても、もともとは二人だけの部署だ。それが三人になっただけさ」

「総務部総務課動植物管理係か。負傷した警察官のリハビリ代わり——、腰掛け部署のはずだったのに、おまえが配属されてから、大活躍じゃないか」

「活躍なんてしてないさ。手柄はすべて一課に行ってる」

「謙遜《けんそん》すんじゃねえよ。見る人は見ているさ。一課復帰も遠くはねえな」

池尻はそう言って、ようやく銚子《ちょこ》の酒を須藤の猪口に注いだ。

乾杯なんてする間柄でもない。須藤は久しぶりの酒を喉《のど》に流しこむ。ほんのりと胃の辺りが温かくなった。

「頭の傷は、もういいのか？」

「今のところはな。だが、こればかりはどうなるか判らん。この間も急に意識が飛んでな。気づいたら病院だった」

「そうか」

池尻は素《そ》っ気《け》なく言い、皿に載って出てきた焼き鳥の盛り合わせに手をつける。

「それで？」

独酌《どくしゃく》で酒を注ぎつつ、須藤は言った。

「おまえの方は、どうなんだ？」

「どうってことはねえよ。相変わらずさ」

「愛宕西署だったよな」

「でかい事件《ヤマ》もない、退屈なところだよ」

「けっこうなことじゃないか。俺たちが暇ってことは……」

「最近、犬を飼った」

須藤の言葉を遮《さえぎ》り、池尻は言った。

「雑種だけどな。ペットショップの前を通りかかったら、目が合っちまった。店員に聞いたら、売れ残りらしくてよ、このままだと保健所送りだとか言いやがる。しょうがねえから、引き取ってやったんだが、こいつがかわいくてな。今は一戸建てに一人暮らしだから、賑《にぎ》やかになってちょうどいい」

「そうか、そいつはよかった。犬はいいよな。世話はおまえが一人で？」

「当たり前だ。そんなこと、頼めるヤツはほかにいねえよ」

「そうか」

「人生、ここにきて、犬がパートナーとはな。思ってもいなかったぜ」

警察内で、池尻の評判はすこぶる悪い。荒《すさ》んだ生活を続けており、不祥事《ふしょうじ》に発展しかねない案件もいくつかあったようだ。犬の効果で、それが多少とも改善されればな。

「今度、会わせてくれないか？」

「おまえが？　俺の犬に？　止めてくれよ」

「なぜ？」

「おまえの面相じゃ、犬が怖がる」

「テメエの面で何を言いやがる。何なら、石松《いしまつ》も連れていくぞ」

「あの鬼瓦《おにがわら》か。結局、あいつが一番、美味《おい》しいところを持っていったな」

「捜査一課で華々しくご活躍だ」

「石松に」

「靴下に穴が空きますように」

「靴底が早くすり減りますように」

猪口で乾杯し、二人で派手に笑った。

笑いの波が去り、その反動で沈黙が下りる。無言のまま猪口を傾けていたが、やがて、池尻は言った。

「犬は忠実だからな。どこまでもついてきやがる。かわいいもんさ」

「俺が言うことじゃないかもしれないが、立場上言わせてもらう。大事にしろよ」

「あぁ、判ってる。あいつは、俺だけが頼りだからな」

池尻は、さらに何か言おうとしたが、思い直したらしく、口を閉じた。

「さあ、もうちょっと飲むぞ」

いつになく饒舌《じょうぜつ》な池尻と小一時間飲み、店の前で別れた。

酒とは久しく離れていたせいか、酔いが早かった。宵《よい》の口ではあるが、いい気分で駅までの道を歩く。

男が立ちふさがるまで、気配に気づかなかったのは、痛恨だった。

「来い」

為《な》す術《すべ》もなく、人気のない路地に引き入れられる。

街灯のぼんやりとした光に、日塔《にっとう》の濁《にご》った目が照らしだされた。

酔いが一気に吹き飛び……といけばよいのだが、体を真綿にくるまれているようで、動きが鈍《にぶ》い。

日塔は顔を顰《しか》めて、吐《は》き捨《す》てる。

「ぼんやりした顔しやがって。おめでたい野郎だよ」

「何だ、日塔。こんなところで、いきなり」

「鬼と呼ばれた男も、仏に格下げか」

「鬼と仏なら、仏の方が上だろう」

「刑事が仏になったら、おしまいってことだ」

「俺はもう、刑事じゃない」

分厚く固い手が、須藤の首を摑《つか》んだ。そのまま、背後の塀に体ごと押しつけられる。

「な、何を……」

「池尻には気をつけろ」

「意味が判らん」

「ヤツには、監察官室の人間がはりついている。今夜の件で、おまえもマークされたぞ」

「な、何だって……」

首の縛《いまし》めが緩《ゆる》み、ようやく酔いも抜けた。

「どういうことだ」

「ヤツは終わりだ。三つの捜査情報漏洩《ろうえい》に関わっているらしい」

「そんな……池尻がか？」

「伝えたぞ。これ以上、ヤツに関わるな。おまえの経歴にも傷がつく。ま、今のままでも、傷だらけだけどよ」

憎々しげな笑みを残し、日塔は須藤に背を向ける。

須藤はヒリヒリと痛む首筋をさすりながら、言った。

「なぜ、教える？　こんなところまでわざわざ出向いてきて。俺とおまえは、そんな仲だったか？」

日塔は背を向けたまま答えた。

「クジャクの件では、助かった。危うく、誤認逮捕するところだった。今回の件は、その礼だ」

「貸し借りはなしってことか」

「そういうことだ」

日塔の背が消えるまで、その場で待つ。須藤の胸奥にどんよりと堆積《たいせき》しているのは、池尻への罪悪感だった。

当時の須藤は、花形である一課に入ることこそが、人生の目標だった。そのためには、何でもした。手柄をたてるのはもちろん、抜け駆けや蹴落《けお》としも厭《いと》わなかった。自分を引き上げてくれる先輩、上司にはとことん阿《おもね》った。池尻は元来、不器用な質だったのだろう。そうしたことを潔しとはしなかった。その結果が……。

振り切ることのできない後ろめたさと共に、須藤は駅までの道を歩きだした。

自宅の最寄り駅で降りたとき、背後に視線を感じた。かなり距離を置いて、二人の男がついてきていた。

なるほど。日塔の言う通り、俺も監察対象に格上げになったわけだ。

いくらでもきやがれ。

須藤はわざと歩速を緩め、夜の空気をゆったりと感じながら、家路につく。

二

いつもの椅子《いす》で飲む田丸弘子《たまるひろこ》のほうじ茶が、いつになく苦く感じられたのは、昨夜の酒のせいではない。自宅を出たときから、桜田門《さくらだもん》に入るまで、二人組の監視が続いていたためだ。

久しぶりに池尻と会ったというだけで、須藤自身、何の疚《やま》しいところもない。堂々といつも通りにしていれば良いのだが、常に監視の目を、それも同じ警察官から向けられるというのは、やはり心穏やかではいられない。自然と気分は沈みがちとなり、苛立《いらだ》ちも顔をだす。

そんな須藤の変化に、弘子は敏感だった。

「あら、どうかしたんですか？　さっきから恐《こわ》い顔をして」

ついたままのテレビも頭に入ってこない。湯呑《ゆの》みの中で寝たままの茶柱を、知らず知らずのうちに睨《にら》みつけていたようだった。

弘子の言葉に顔を上げ、無理に笑ってみせた。

「いや、別に。ゆうべ、よく眠れなかったものでね」

「なら、いいんですけど」

そう言ったものの、弘子が真に受けていないのは、明らかだった。今の部署に配属されてからの付き合いであるから、さほど長くはないのだが、彼女の観察力、洞察力には、ちょいちょい、驚かされる。

頭の後ろで手を組み、この気分の落としどころを考える。芦部《あしべ》巡査部長でも引っぱりだして、飯でも食いたいところだが、監察のマーク付きでは、ウカウカと会うわけにもいかない。

総務部付となった芦部であったが、クジャク事件の後、須藤は鬼頭《きとう》管理官に頼みこみ、席だけは捜査一課に戻してもらった。臨場《りんじょう》案件が少ない須藤たちの部署に、将来有望な若者を縛りつけておいてはもったいない。普段は一課で行動し、必要なときは呼集するということで、落ち着いたばかりだった。

池尻のヤツめ、とんだ疫病神《やくびょうがみ》だ。彼に対する後ろめたさはいまだくすぶっているが、だからと言って、痛くもない腹を探られるような目に遭うとは。

とりあえず、しばらくはおとなしくしているしかない。暇な部署で、ますます暇を持てあますことになるな。

うんざりとしているところへ、廊下から足音が聞こえてきた。組んだ手を解き、思わず身を乗りだした。

ドアが開き、石松の四角い顔が現れる。須藤は両手を広げて、彼を迎えた。

「よく来てくれた！」

石松は口をポカンと開いたまま、眉《まゆ》を寄せる。

「須藤、どうしたんだ？　朝から変なものでも食ったのか？」

「細かい話は抜きだ。その脇《わき》に挟んだファイルをさっさと寄越せ」

「気持ち悪い奴《やつ》だな。弘子さん、こいつ……」

弘子が湯呑みに茶をなみなみと入れて、給湯室から飛びだしてきた。

「まあ、ホント、よく来てくれました。今日のお茶はとびっきり濃くしてありますから。特別サービス」

「弘子さんまで……。何だ？　何があった？」

池尻と監察の件は、まだ石松の耳には届いていないようだった。ならば、あえて知らせる必要もない。どちらにせよ、早晩、知ることになる。

「よしよし、ファイルを置いたら、茶を飲め。飲んだら、出て行け」

石松は「あちち」と湯呑みを器用につまみ上げながら、茶を口に含む。

「うるせえ。俺のペースで、ゆっくり飲ませろ」

須藤はファイルを開き、ざっと目を走らせる。

「現場は駒込《こまごめ》か……」

須藤は受話器を取り、内線にかける。

「芦部か。出動だ。五分で地下駐車場に車を回せ」


警察博物館に到着するまで、須藤は後方に注意を向けていた。今のところ、尾行車両は見つからない。もっとも、交通量はかなり多く、相手もそれなりの技術を持っている。簡単に割れるような尾行をするはずもない。

「どうしたんですか？　さっきから後ろばかり気にして」

ハンドルを握る芦部がきいてきた。

「いや、何でもない。それより、急な呼びだしで、悪かったな」

「いいんです。最近、お呼びがかからなかったので、もうクビになったのかと思っていました」

「一課の方は、大丈夫なのか？」

通常、芦部は日塔班に所属し、殺人などの捜査を担当している。

「世田谷《せたがや》の飲食店で起きた殺しをやっていますが、単純な怨恨《えんこん》です。容疑者も確保していますし、解決は時間の問題です」

「そうか」

車は、警察博物館の駐車スペースにすべりこむ。

「久しぶりだなぁ。薄《うすき》さん、元気かな」

「おまえ、普段、薄とは会っていないのか？」

「ええ。一度、食事に誘ったんですけど、断られちゃいました。北海道《ほっかいどう》の牧場で難産の牛がいて、その状態をスカイプか何かで確認して、助言するんだって」

「そうか」

「牛に負けました」

「まあ、一度断られたくらいで、あきらめてはダメだ。男は押しの一手」

「それ、昭和の妄想です」

「……そうか」

「僕は、ここで待っていますから、薄さん、連れてきて下さい」

「なんだおまえ、一緒にいかないのか？」

芦部は強《こわ》ばった笑みを浮かべ、前を向いてしまった。前回の件がよほど、こたえたらしい。

須藤は車を出て、博物館に入った。受付の女性警察官に会釈《えしやく》をして、奥のエレベーターに向かう。彼女たちの様子を見るに、今日はさほど酷《ひど》いことにはなっていないようだ。

六階で降り、耳をすます。異様な物音や鳴き声は聞こえない。須藤が緊張を解いたとき、つんと鼻をさす臭いがした。動物由来のものではない。須藤もよく知っている臭い、いや、香り……。

「こりゃ、線香の香りだ」

須藤は薄の部屋のドアを叩《たた》く。

「おい、薄、どうした、大丈夫か？」

「はい、はーい、大丈夫でーす。入って下さーい」

やけに明るい声がする。ドアをそっと開けると、いつものような動物はおらず、机の上に線香立てがあり、そこに立てられた線香から細い煙が上がっている。線香立ての横には、一枚のハガキがある。よく見ると、喪中ハガキだ。

「おい、薄、こりゃいったい、何事だ」

「実は今日、ここにクジャクが来る予定だったんです」

「おいおい、またクジャクか？　それって、まさか……」

「ええ。学同院《がくどういん》のクジャク愛好会です。あの事件の後、卵からクジャクが一羽《わ》、生まれたんです。名前は『五時に夢中！　ノブエ』って言ったんですけど」

「相変わらず、妙な名前だな。あそこにいたのは、サクラバ……」

「サカタニ」

「ウルトラスーパーサイクロン」

「スカイレインボーハリケーンゴッドフェニックス」

「それとノブエか」

薄はシュンとうなだれる。

「ですけど、この間、死んでしまったんです」

「なんと……」

「だから年明けに、喪中ハガキが送られてきました。それによれば、ノブエの戒名《かいみょう》は『五時に喪中！　ノブエ』に決まったそうです。だから今日は、喪に服そうと思って、お線香買ってきたんです」

「そうか」

須藤は線香に向かって手を合わせる。

「しかし、クジャク愛好会の連中、ショックだろうなぁ」

「でもいまは、次の孵化《ふか》に向けて準備中らしいですよ。烏骨鶏《うこっけい》の卵も孵《かえ》ったみたいで」

「そうか。烏骨鶏ねぇ……おい、こんなところでしんみりしている場合じゃないんだ。薄、出動だ」

「いやでも、今は喪中ですから」

「関係あるか、そんなもん！　早く用意しろ」

「今回の動物は何なんですか？」

「厚手の手袋がいるぞ」

「またカミツキガメか何かですか？」

「そんなもんじゃない。刺されるぞ」

「……もしかして、ハリネズミ？」

「さすが、よく判ったな」

「最近、ブームになっていますからねぇ。そろそろくるころかと思っていました。でも、それならそんな手袋、いりませんよ」

「いや、しかし、背中に針が……」

「気をつけていれば、別に問題ないと思います。そっか、ハリネズミかぁ。かわいいんだろうなぁ」

　その場で薄は着替えを始めようとする。

「おい、待て、薄。俺が外に出る」

　須藤は廊下に飛びだした。

　そのまま待つこと三分、いつものように、制服制帽、紙袋を両手に提げた薄が、姿を見せた。

「お待たせしました」

「いつもと同じだが、本当に大丈夫なのか。相手は、小さいとはいえ、無数の針を持っている生き物だぞ」

「無数じゃありません。若い個体で約三千本、大人で約七千本の針しかありません」

「そんだけあれば、充分だ」

「針は二センチほどで、付け根の部分は毛穴に納まっています。毛穴の筋肉を収縮させることで、あの針を立ち上げたりするんです」

「それでも、痛いことは痛いだろう」

「ええ。でも、突き刺さったり、刺さって抜けたりはしないので、大丈夫ですよ。どうしても気になるのなら、革の手袋をすれば、大丈夫です」

「あんなのが丸くなって飛んできたら、大ケガじゃすまんだろう」

「ハリネズミは飛んだりしませんよ。まあ、高くジャンプしたりする個体はありますけど、そもそも、ハリネズミはとても臆病《おくびょう》な性質なんです。背中の針を立てるのも、自分の身を守るためであって、攻撃の意図はないんです。ですから、須藤さんみたいに恐い顔の人が近づいていっても、針を突き刺してはきません。安心して下さい」

「そうか」

「ただ、攻撃的な別の動物だったら、判りませんよ。サイなんかと出会ったら、絶対に追いかけてきますよ。サイって時速五十キロ近くで走るんですよ。どうします？」

「どうもせん！　日本で暮らしていて、いつどうやって、サイと出会うんだ」

一階に下り、駐車場に戻る。芦部がドアを開けて待っていた。

「薄さん、お久しぶりです」

「……えっと、どなたでしたっけ」

芦部の萎《しお》れようはあまりにも哀《あわ》れだった。須藤は言う。

「おまえな、動物もいいが、せめて同僚の顔くらい覚えてやれよ」

「人間の個体識別って苦手なんですよねぇ。マウンテンゴリラだったら、あっという間なんですけど」

「僕はゴリラ以下ですかぁ……」

芦部は憮然《ぶぜん》として、運転席に座る。

「さあ出発だ。薄は後ろに乗れ」

須藤が助手席に回ろうとしたとき、一台の車が入ってきて、出入り口を塞《ふさ》ぐ形で停車した。

助手席に一人、後部シートに一人、運転手を加え、三人の男が乗っている。いずれも三十代前半のスーツ姿である。

助手席の男が降りてきた。背は高く、手足も長い。冷たく暗い目を、須藤の顔に据えている。

「須藤友三警部補だな」

男はポケットから警察官であることを示す身分証をだした。

「監察官室の牛岡《うしおか》だ。一緒に来てもらいたい」

外に出ようとする芦部を押し留《とど》め、須藤は男と向き合った。

「理由は?」

「今、ここで言う必要はないだろう」

「臨場の要請があった。それが済むまで待ってくれないか」

須藤は助手席のドアを開けようとした。牛岡が手首を摑む。

「素直に従った方が身のためだ」

須藤は相手の腕を振り払うと、男たちの車を指さした。

「邪魔だ。車をどけろ」

「部下の前で格好つけたいってか？　ペットの世話だか何だか、クズみたいな仕事してるくせに」

須藤は上体を素早く捻《ひね》り、肘《ひじ》を牛岡の顔面に叩きつけた。そのまま右腕を背中側に捻り上げる。動きを封じたまま、男を車の方へと引っ立てていく。車内の二人が呆気《あっけ》に取られ、こちらを見ている。

須藤は助手席側のウインドウに、牛岡の顔を押しつけた。

「監察だと名乗れば、ホイホイ言うことをきくと思ったか？　さっさと車をだせ。俺たちは急いでいるんだ」

車内の男たちに反応はない。須藤は縛めている牛岡の頭を、ガラスに打ちつけた。

「早くしろ」

車がそろりそろりとバックする。車一台が通れるスペースができた。須藤が拘束を解くと、牛岡は右腕を押さえながら、その場に崩れ落ちた。

須藤はそのまま、芦部たちの待つ車に乗りこむ。芦部は顔面蒼白《そうはく》で、震えている。

「す、須藤警部補、な、何事です？」

「気にするな。だせ」

「でも……」

「いいから、だせ！　こうしている間に、ハリネズミが死んだらどうする！」

「は、はいっ」

芦部がアクセルを踏みこみ、車は勢いよく発進する。男はまだ道に倒れており、残り二人も車内から出てはこない。

その脇をすり抜け、須藤たちは駐車場を出た。

「やっちまったな」

シートベルトをしながら、須藤は言う。芦部はまだ震えている。後ろに目をやると、薄はすーすーと寝息をたてていた。

三

山手線《やまのてせん》駒込駅から歩いて十分ほど、六義園《りくぎえん》近くのワンルームマンションの前に、須藤たちは立っていた。須藤の横で、薄があくびを繰り返している。

「薄、いい加減、目をさませ。仕事だぞ」

「ふわぁい。すみません、ゆうべ、あんまりよく寝ていないもので」

「どうせまた、動物の観察でもしていたんだろう？」

「ピンポーン、世田谷区のハクビシンの実態調査に同行していました。でも、ハクビシンを追いかけていたら、いつのまにか、アライグマが出てきて、その後はネズミ……」

「職務時間以外に何をしようと、おまえの自由だ。しかし、仕事中はしっかりしていてくれないと困る」

「大丈夫です。かわいいハリネズミに会えば、眠気も布団でグー」

「眠気も吹き飛ぶ」

「そう、それ。布団がふっとんだと混ざっちゃいました」

そこへ、車を駐車してきた芦部が戻ってきた。

「お待たせしました。えっと、部屋は三階ですよね。管理人さんに頼めば、開けてくれるはずです」

芦部は既に、資料を読みこんでいるようだ。先に立ち、管理人室のドアをノックする。

「どなた？」

顔をだした七十代くらいの男性に、芦部は身分証を見せる。男性は奥に引っこむと、すぐに鍵《かぎ》を持って現れた。それを芦部に手渡すと、再び、ドアの向こうに消えた。

鍵を持ち、芦部は須藤の許《もと》に戻ってくる。

「適当に見て構わないそうです」

人当たりの良い好青年の芦部に任せておくと、こういうとき、何かと話が早い。エレベーターで三階に上がり、中ほどの部屋の鍵を開ける。

「居住者は、大谷《おおや》弓子《ゆみこ》さん、二十二歳。駅前にある子供服専門店で働いています。ここに居住して三年目とのことですが」

芦部は、必要な情報をすらすらと並べていく。今までは須藤がいちいちファイルと首っ引きであったので、実に効率的だ。捜査力、推理力は未知数ながら、即戦力となっていることは確かだ。

玄関先に紙袋を置き、薄が言った。

「いつもみたいに、警察官の見張りがいませんね」

「ここの住人は容疑者ではなく、被害者なんです。三日前、この先の道で強盗に遭い、頭を殴られました。一時は意識不明でしたが、いまは回復し、今朝、集中治療室を出て一般病棟に移ったそうです」

「犯人は捕まったんですか？」

「まだです」

須藤は室内を見回して、言った。

「見たところ、一人暮らしか。被害者の家族関係はどうなっている？」

「父親は既に亡くなっていて、母一人娘一人の家庭です。母親は娘の傍《そば》にいたいと病院を離れようとしません」

「なるほど。それで、私たちの出番なんですね」

部屋はバス、トイレ付きの八畳で、小さいながらもバルコニーがついていた。弓子は綺麗《きれい》好きのようで、掃除も行き届いている。ベッドにはきちんとカバーがかかり、組み立て式のデスクにはパソコンだけが置かれている。洋服類は、やや古びた洋箪笥《ようだんす》にしまわれ、小物類などは、その横にあるカラーボックスの中だった。百円ショップで買ったと思《おぼ》しきプラスチックのケースに分類され、整然と収納されている。

須藤は戸口から、部屋全体を眺《なが》める。

「テレビもなし。質素なものだな」

「最近はパソコンで、大体のことができますから。スマホもありますし」

すかさず、芦部が言った。

「判ってる、そのくらいは」

須藤は憮然とする。パソコン、スマホ、とにかく、ついていくのが精一杯だ。

芦部は続けた。

「おとなしく真面目《まじめ》な娘さんのようで、職場でも悪く言う者がいません。ちなみに、その箪笥は、就職を機に一人暮らしをする娘さんのため、母親が実家にあるものをもたせたのだそうで……」

「そうか。そんな娘さんが被害者になるなんて、やりきれんな」

「何としても、犯人を捕まえたいです」

「ああ」

「須藤さーん」

背後から、ふて腐れた声が響く。薄だった。須藤ははっと我に返る。

「お、おう。犯人逮捕は、所轄に任せるとして、俺たちは……あれだ」

カラーボックスの上に、ステンレスのケージが載っていた。六十×九十、小鳥やフエレットの飼育にも使える、一般的な大きさのものだ。様子をうかがうが、動物の気配もしなければ、物音もしない。

須藤は薄を振り返る。

「何もいないようだぞ。まさか、死んでるんじゃないだろうな」

「ハリネズミは夜行性ですから、昼間はそんなに活動しません。それに、さっきも言った通り、すごく臆病ですから、須藤さんたちの気配に驚いて、シェルターの中で息を潜めているんですよ、多分。神経質な個体だと、なかなか出てこないかも」

こうなると、すべて薄に任せるよりない。須藤と芦部は身を引き、薄を部屋の中に入れる。

薄は部屋の真ん中までそろそろと進み出ると、そっとケージの方を見やる。足音もたてず、気配も消して、まるで老練な野良ネコのたたずまいだ。

芦部が須藤の肩越しに身を乗りだしてきた。その微《かす》かな気配に薄が振り向き、人差し指を唇《くちびる》に当てる。

静まりかえった室内に、カサカサという乾いた音がした。よく耳をすまさねば聞こえないような微かな音だ。

見れば、ケージの中で何かが動いている。

薄がさらに近づいていく。そっと中をのぞきこんだ薄は、しばらくそのままの姿勢でいたが、やがて、須藤たちの方に向かって、指でＯＫマークを作った。

須藤は音をたてぬよう、そろりそろりと慣れぬ足取りで、薄の横に移動する。

ハリネズミは、須藤が思っていた以上に、小さく、そしてかわいらしいものだった。

体長は二十センチほど。まん丸な黒い目と、ぴょんと突きだした鼻先。ピンク色の前足を伸ばし、どこかキョトンとした様子で、こちらを見上げている。丸まった背中には、小さなトゲが屹立《きつりつ》しているが、ここから見る限り、さほど固そうにも見えない。剣山というより、たわしのようなイメージだった。針は白と茶色の縞《しま》模様になっていて、須藤が抱いていた、ハリネズミのイメージにピッタリだった。

ケージの底には、ウッドチップが敷かれ、ハリネズミが動くと、微かな音をたてる。さきほど聞こえてきたのは、これだったのだ。

ケージの奥には、四角い箱があり、その中には、白い布のようなものが入っている。その横にあるのは、回し車だ。ハムスターなどが乗って走る姿を、須藤も何度か見たことがある。そのほか、給水用のボトル、陶器製のエサ皿、プラスチック製のチューブが置かれていた。

給水ボトルには水が半分ほど、エサ皿にはフレーク状のものが少し残っている。回し車やウッドチップには、ドロリとした茶色いものがところどころ、こびりついていた。

薄がホッと力を抜くのが判った。

「ケージ内が少し汚れていますけれど、ハリネズミは元気そうですね。水とエサを補充して、回し車などを洗えば、問題なさそうです」

「それは何よりだ」

須藤も体の力を抜く。

それを察したハリネズミはくるりと身を反転させると、四角い箱の中に潜りこんでいった。

須藤は腕まくりをして言った。

「さて、どこから手をつける?」

「今も言ったように、ハリネズミは夜行性ですから、あんまり昼間からケージをいじりたくないんですが、今日は仕方ないです」

薄はケージの屋根にあたる部分を器用に外し、プラスチックのチューブと回し車を手早く取りだした。

「須藤さん、これを洗ってきてくれますか？」

「おう」

受け取ろうとしたところ、横から芦部が手を伸ばしてきた。

「それくらいなら、僕がやってきます」

そのまま流しに向かう。

「なかなか小回りが利くヤツだな」

「須藤さん、何言ってるんですか、彼は警官ですよ」

「おまわりじゃない。小回り」

「すごい！　次はお手ですね」

「同僚を犬扱いするんじゃない。小回り。気が利くってことだ」

「私は鼻が利きます」

「犬みたいなこと言うな」

「これで、芦部さんとお相子《あいこ》です」

「まあ、警察といえば、昔から犬扱いだから……そんなことはどうでもいいんだよ。

ハリネズミはどうした？」

「カラーボックスの一番下に入っているのが、エサや飼育キットだと思うんですけど……」

薄は左右を見回す。

「どうかしたのか？」

「うーん、ここにあるのは、市販のキャットフードだけなんですよ」

「ハリネズミにネコのエサをやるのか？」

「脂質の低いものであれば、問題ありません。最近はハリネズミ用のフードもあるのですが、まだまだ、これというものは出てきていませんねぇ」

「しかし、キャットフードはそこにあるわけだろう？　それをやればいいじゃないか」

「それだけでは、栄養が偏ってしまいます。まずは……」

薄は流しで作業している芦部の後ろを抜け、ガスコンロの横にある冷蔵庫のドアを開ける。

「ニンジン、小松菜、キャベツにバナナか。この辺をあげてたんだろうなぁ」

中をのぞきこんで、ブツブツ言っている。ケージの中のハリネズミは箱からまったく出てこない。つい、中をのぞきこみたくなるが、下手なことをすると、薄に怒鳴《どな》られる。須藤は好奇心を抑え、その場に留まることにした。

冷蔵庫を閉めた薄は、なおも流しの周りをうろうろしている。備えつけの戸棚を開けたり、芦部を追いやり、流し下の収納棚を見たりしている。

「どうしたんだ、薄？　何か捜し物か？」

「ええ。生き餌《え》がどこかにないかと思って」

「生き餌……というと、またミミズだのマウスだのって、あれか？」

「はい。野生のハリネズミは雑食性で、虫やカタツムリなども食べます。当然、キャットフードだけでは栄養が偏るんです。だから、ミールワームやコオロギを与えないといけないんですけど……」

須藤はカラーボックス内にある、飼育キットを確認していく。薄い手袋やスポイト、ピンセット、タオルなどがきちんと整頓《せいとん》されて入っていた。しかし、エサは先のキャットフードくらいしか見つからない。

「ここにもないようだ」

薄は困り顔で戻ってくる。

「もしかすると、生き餌は与えていなかったのかな」

「それでも、大丈夫なのか？」

「野菜、果物や卵、チーズなどを上手《うま》く与えていれば、死ぬようなことはないかもしれませんが……」

薄は持参した紙袋を漁《あさ》り始める。

「念のため、持ってきてよかった」

取りだしたのは、ミールワーム入りのカップだ。

「これ、自宅で育てたんですよ。エサとして与える前に、栄養状態をよくしておきたいので」

「育てたって……これをか？」

カップの中には、二センチほどのピンク色をした虫がぎっしり入っている。

凄惨《せいさん》な遺体を数多く見てきた須藤でさえ、思わず顔を顰めたくなる光景だ。

「うひっ」

得意げにケースを掲げる薄の後ろで、洗い終わった回し車とチューブを持った芦部が固まっていた。

薄は丸々とした一匹を指先で器用につまみ上げながら、言う。

「簡単ですよー。ケースに床材としてペレットなんかを敷いて、あとは野菜とか果物をエサとして与え……」

「あー、薄、芦部君はあまり虫が好きではないらしい。そろそろしまったらどうだ？」

「えー、虫、かわいいのに」

薄は後ろを向くと、指先で挟んだ虫を、芦部の鼻先に突きつけた。

「ひゃぁぁ」

芦部は尻餅《しりもち》をつき、そのまま、玄関の方へと後ずさっていく。

薄は心底、がっかりした表情で、言う。

「芦部さんって、絶対、ゴキブリとか手で掴めない人でしょう」

「芦部に限らず、誰でも嫌だろう。俺も嫌だ」

「えー？　私は平気です」

「おまえは特別、いや、特殊だからな。とにかく、この丸々とした虫を、ハリネズミに食わせるのか」

「はい。ただ、どうやって与えるべきか迷ってるんです。皿に入れてケージ内に置くか、ピンセットか何かで直接食べさせるか。もう少し、詳しい飼育状況は判りませんか？」

「さて……どうかな」

須藤は石松から受け取ったファイルを見るが、いつものように、めぼしい情報はほとんどない。

「芦部、その辺について、何か聞いていないか」

廊下で尻餅をついていた芦部は、弱々しいながらも立ち上がり、言った。

「さあ、まだそこまでは……」

「部屋の様子から見て、出入りしている恋人や友人もいないようだしな」

「母親にもきいてみたようですが、ペットについては、何も判らないとのことで」

「薄、どうする?」

「とりあえず、容器に入れて与えてみましょう。その方がストレスも少ないですから」

薄は虫を入れるための瓶《びん》も持参していた。深さ十センチほどの容器で、中にはミールワームが五匹、既に入っている。それをケージの真ん中に置く。

ハリネズミが、ひょいと顔をだした。フシュフシュと鼻を鳴らし、様子をうかがっている。

まもなく、ころりとした全身を見せると、一目散にガラス容器に向かう。そのまま、ためらうことなく、容器に前足をつっこみ、器用に虫を掻《か》きだした。

ハリネズミは瞬《また》く間《ま》に虫三匹を平らげると、クリクリとした目で、ケージ内を見回した。どうやら、回し車を探しているらしい。

芦部が洗い終わった回し車などを持って、部屋に入ってきた。

「これ、入れてやりますか」

「いま入れたら、びっくりしちゃうでしょう！」

「あ、すみません」

「それと、さっきから気になっていたんだけど、服から何か臭うんだけど」

芦部は、慌てて袖《そで》や肩周りの臭いを嗅《か》ぐ。

「あ、もしかして、電子煙草《たばこ》のリキッドかな。バニラ味のヤツを使ってるんですけど、今朝、少しだけ液が漏れてしまって……」

「動物、特にハリネズミは臭いに敏感なの。そんなもの嗅がせて、過剰に反応したらどうするの！」

薄にぴしゃりと言われ、芦部はまたシュンとうなだれる。

「洗い終わったものは須藤さんに渡して、あなたはケージから離れていて」

チューブと回し車を須藤の手に押しつけると、芦部は逃げるように、部屋を出ていった。

「おい、薄、あの態度はあんまりじゃないか」

「でも……」

当のハリネズミはそんなことにはお構いなしで、ケージの中を歩き回り、入れ替えたばかりのキャットフードをつまみ、水を飲んだ。

そんな様子を見て、須藤は薄に言った。

「元気そうじゃないか。これなら、当分、心配ないな」

ところが、薄は難しい顔をして、うーんとうなっている。彼女のうーんが出るときは、要注意だ。

「どうした？　何か気になることでも？」

薄はその質問には答えず、再び、ケージの屋根部分を開く。ハリネズミもまた、箱の中に姿を消す。

「須藤さん、チューブと回し車を中に入れてもらえますか。できるだけそっと」

須藤は言われるがまま、二つの品をケージに入れる。屋根を元通りにして、ケージから離れる。少しすると、ハリネズミが顔をだし、シュオシュオと音をだして鼻を鳴らした。箱から出たものの、チューブの周りをぐるりと回り、何やら警戒するように、少し距離をとって見上げている。

「おい、薄、あのチューブは何なんだ？」

「遊び道具ですよ。もともとはフェレット用のものだと思います。ハリネズミも狭いところが好きですから、狭くて通り抜けできるようなものが必要です。あ、こっちの箱はねぐらです。中にあるのは、フリースで作った寝袋です。多分、お手製ですね」

「遊び道具に寝袋まで。弓子さんは、こいつをかわいがっていたんだな」

「それは、そうなんですけどねぇ……」

薄はなおも、何かに合点がいかない様子だった。

「あのぅ」

いつのまにか芦部が戻ってきて、カラーボックス内にある本を見ている。この男、なかなか打たれ強いところがある。刑事には必須《ひっす》のものだ。

「棚の中にこんな本がありましたよ」

芦部が持ってきたのは、ハリネズミの飼育方法について書かれた本だ。三冊ある。ところどころに付箋《ふせん》も貼《は》ってあった。芦部はそれぞれをパラパラとめくる。

「真面目な人なんですね。付箋まで貼って。ハリネズミの性格には個体差がある……。本当ですか？」

薄はうなずく。

「人なつっこいものもいれば、すごく臆病なものもいる。人に慣れて、自分の名前くらい判るようになるものもいれば、最後まで人を怖がるものもいる」

「そこにいくと、こいつは割と人に馴《な》れるタイプですね。かわいいなぁ」

芦部はすっかりハリネズミが気に入った様子だ。

「小さくてスペースも取らないし、大きな声で鳴くこともない。ペットとしては飼いやすい方ですかね。僕も飼ってみようかな」

「止めた方がいいわ」

薄はにべもない。

「ハリネズミには生き餌が必要よ。虫が触れない人には、お勧めできない」

「でも、市販のエサや野菜なんかでカバーはできるんですよね」

「だけど、ハリネズミの立場に立ってみてよ。大好きな昆虫類を、飼い主の都合で貰《もら》えなくなるのよ。そんな環境で幸せと言える？」

芦部は一言もない。またまた、シュンとうなだれてしまった。

須藤は手を叩き言った。

「さて、とりあえず問題がなければ、撤収といきたいんだが」

「とりあえず、問題はないと思います。床材の交換もしたいところですが、それは夜、ハリネズミが本格的に活動を始めてから行いたいです。あと、弓子さんは部屋遊びをさせていたのかな」

「部屋遊び？」

「ケージからだして、部屋の中で自由に遊ばせることです。手に擦り傷と、お腹《なか》にも小さな傷があるんです。多分、どこかから落ちたときについた傷だと思うんですけど」

薄は床に這《は》いつくばり、ワニのように部屋の隅々《すみずみ》を見て回る。

「薄……おまえ、何をしているんだ？」

「電源コード類を確認しているんです。部屋遊びをさせる際、ハリネズミにとって危険になりますから。でも……」

薄は身を起こして、首を捻る。

「コードは這わしたままだし、窓の目張りといったものもありません。ほこりの溜まり具合から見て部屋のドアはいつも開けっぱなしだったようだし、ハリネズミを放していたとは思えないですね」

「となると、ずっとケージの中に？」

「外に連れていけるように、ハリネズミ用のリードもあるんですけど、それも見当たりません。するとこの傷も、回し車とかでできたのかなぁ」

「狭いケージの中だけだと、運動不足になりそうだな」

「そこなんですけど……うーん」

また首を捻り始めた薄だったが、はっとして顔を上げる。

「もしかして……」

「何だ、薄、どうかしたのか？」

「須藤さん、飼い主の弓子さんに会えませんか？」

「会ってどうする？」

「ハリネズミのこと、もっと詳しく聞きたいんです」

「それに、どんな意味がある？」

「まだはっきりしたことは言えませんから、内緒です」

「おいおい、薄、そんな名探偵みたいなこと、言うなよ」

「ドツボだよ、ワトソン君！」

「初歩だ！　まったく、どこでそんなセリフ、覚えたんだか……」

「ひょっとしたら、大変なことになるかもしれません」

「だから、大変なことって……」

そう言いながらも、須藤は携帯をだし、石松を呼びだしていた。薄がそう言うのであれば、要求をきかないわけにはいかない。彼女の直感と推理で、今までにいくつもの事件を解決してきたのだから。

「石松か？　頼みがある」

四

大谷弓子が入院している病院は両国《りょうごく》にあった。その名も両国病院だ。弓子の自宅からは、車で二十分ほどである。駐車場が満車であったため、芦部を残し、須藤と薄の二人で病室に向かう。

弓子の病室は六階にあった。山は越えたものの、頭部の傷は重く、入院は長引きそうとのことだ。

病室は個室で、ベッドの周りはカーテンに覆《おお》われている。須藤が案内を請うと、やつれた顔をした女性がカーテンの端《はし》をめくり、顔をだした。弓子の母親だろう。

須藤は身分証をだし、少し話がしたい旨を伝えた。

母は丁寧に頭を下げると、娘に一言二言声をかけ、部屋を出ていった。

カーテンの向こうで、弓子は目を閉じたまま、ベッドに横たわっている。頭全体は無論、顎《あご》から頬《ほお》、額にかけても包帯で覆われている。

須藤はできるだけ穏やかな声で、彼女の耳元に話しかけた。

「大谷弓子さん、少しお話ししたいことがあります」

弓子は目を閉じたまま、小さくうなずいた。

「気分が悪いようでしたら、言って下さい。すぐに止めますから」

またうなずく。須藤は薄に目くばせをして、彼女と入れ替わった。

薄もまた、弓子の耳元でささやきかける。

「ハリネズミ、見ました。とてもかわいがっておられるようですね」

弓子の口元が、ほんの少し緩んだように見えた。

「私たちが世話をしていますので、ご心配なく」

弓子が、か細い声で言った。

「チュー、チュースケっていうの」

「そう、良い名前ですね」

「母には、ネズミみたいって、笑われたけど、だってハリネズミだし」

「ハリネズミは、生物学上、食虫目に分類されます。いわゆるドブネズミとかハツカネズミは、ネズミ目に分類されてですね、ハリネズミとは別……」

　須藤は薄の肩を叩く。

「ネズミの講義は、この際、いいだろう。早く本題を進めろ」

「ええっと、ハリネズミは特定外来生物に指定されていて、ヨツユビハリネズミ以外のハリネズミはすべてペットとして飼うのは禁止……」

「それも、今はいい！」

「ええっと、何きこうと思っていたのか、忘れちゃいました」

　身動きのできない弓子は、不安そうな面持ちで、目を泳がせている。

「薄！　患者さんが不安がっているだろう」

「そんなこと言われても……あ、そうだ、ハリネズミのチュータ」

「チュースケ……」

「チュースケは、どこで購入されたのですか？」

「駅近くのペットショップです。帰宅するとき、いつも前を通っていたんですけど、あるとき、展示してあるチュースケと目が合ってしまって」

「なるほど。それまで、生き物を飼った経験は？」

「ありませんでした。店員さんにきいたら、ハリネズミは飼いやすいから大丈夫だって言われて」

「うーん、必ずしもそうとは限らないんですよね。そもそも、ハリネズミがペットとして飼われるようになって、まだそれほど時間がたっていません。最適な飼い方なんて、誰も判らないし、エサを売っているメーカーだって、試行錯誤……」

「薄！　被害者相手に説教してどうするんだ？　そういうことは、ハリネズミを売ってる本人に言え」

「そうですか……。でもたしかに、大きな声で鳴いたりはしないし、温度変化にもそこそこ適応しているし、日本の住宅事情を考えた場合、ペットに向いているかもしれませんね」

弓子は伏し目がちのまま、言った。

「チュースケはちょっと引っ込み思案で、なつかないところはあったけれど、とてもかわいくて、いつも癒《い》やされてました」

「そのチュータですけど」

「チュースケ……」

「チュースケ、誰か人に見せたことは？」

弓子は首を左右に振ろうとして、痛みに顔を顰める。

「な、ないです。あの……私、友達少ないので……」

「では、あなたがチュースケ……」

「チュータ。あれ？　合ってる？」

「あなたがチュースケを飼っていること、知っているのは何人くらいですか？」

「さあ。ペットショップの人くらいかなぁ。チュースケをお迎えしたとき、飼育用具を一式買いました。その後もエサとかは全部、その店で買っています」

「弓子さんの家の近くというと、『ペットのトミタ　駒込店』でしょうか」

「そう、そこです」

「トミタは都内で五店舗経営している、新興のペットショップです。経営状態は安定していますし、子犬、子猫を店頭におかないという販売スタイルを徹底していましてですね、なかなか見所がある……」

「薄！」

聴取を始めて、もう十分近い。いつ医師のストップがかかってもおかしくない状態だった。

薄はうーんと唸《うな》った後、右人差し指で顎の先をトントン叩きながら言った。

「あのお店だと、店員さんも店長も、地元住人ではなさそうですねぇ。アルバイトの可能性はあるけれど……」

弓子が言った。

「あのぅ、これはいったい何の聴取なんですか？　事件に関することじゃないんですか？」

「いえ、これは事件に関することです。この点が明らかになれば、あなたをこんな目に遭わせた犯人を、人食いブタの檻《おり》の中に放り込めますよ」

「薄、喩《たと》えが悪い！」

「じゃあ、アクリルケースの中で、ヤドクガエルと一対一」

「それだったら、多少、勝ち目があるんじゃないか？」

「何を言ってるんですか、須藤さん。ヤドクガエルの毒は強烈なんてもんじゃないですよ」

「いや待て、薄。話を続けろ」

弓子の表情が徐々に硬くなり、目には怯《おび》えの色さえ、浮かび始めている。

須藤は薄の前に割りこんだ。

「脱線して申し訳ない、もう終わりますから。ええっと、つまり、薄がききたいのは、ハリネズミのチュータ……」

「チュースケ……」

「チュースケを飼っていることを誰が知っていたか、です。よく考えてみて下さい。友達に限らず、同僚に話したとか、SNSにハリネズミのことを書いたとか」

「私、そういうこと、まったくやってないし……」

「本当に？」

弓子が何かを隠していることは、既に判っていた。これといった確証はないのだが、垣間見《かいまみ》せる表情であったり、何となくの雰囲気であったりが、どこか引っかかる。つまり、長年の経験からくる勘だ。

「誤解のないよう言っておきますが、我々は強盗事件の捜査をしているわけではないのです。あなたが大切にしているチュー……スケの世話をきちんとしたい。そのためには、飼育に必要な情報を細大漏らさず、聞きたいのです。無論、秘密は厳守します。職場にも、それから……」

須藤は廊下の方をちらりと見て、言った。

「あなたのお母さんにもね」

弓子は呆然《ぼうぜん》としながら、天井を見上げていたが、やがて、小さな声で語り始めた。

「実は、ハリネズミの世話で知り合った人がいるんです。男性です」

やはりな。須藤は薄に目をやるが、彼女は物事の本質に気づいていないようだ。ポカンとした顔で、須藤を見返す。

「その方のことを、きかせていただけますか？」

弓子が気色ばむ。

「まさか、彼が今回のことに……」

「いえ、そんなことはないと思います。ただ、彼がどの程度、ハリネズミのことを知っていたかを、ききたいだけです」

弓子はやはり納得いかなげだ。

「そんなことが、いったい、何の役に立つのですか？」

実のところ、俺も判らないんだ。心の内でつぶやきながら、穏やかな口調を崩さぬよう心がけて、須藤は言った。

「その男性のお名前、お住まいの場所などを教えていただけますか」

弓子はついに観念したようだった。

「名前は朝倉隆孝《あさくらたかゆき》さん。お住まいは巣鴨《すがも》駅の近くです」

「ほう。ひと駅違いですか」

「実はチュースケを飼い始めて半年くらいしたとき、何となく体型が変わってきた気がして……。それで、よく見ると、お腹の部分がぷっくり膨《ふく》らんでて。もしかすると、腫瘍《しゅよう》じゃないかって、すごく慌てて……。あちこち痒《かゆ》がってるし、食欲も落ちて……」

　須藤の後ろから、薄が冷たい声をだす。

「それ、肥満ですよ」

「そ、そうなのか？」

「腹部や首回りが膨らむのは、大抵、そうです。脂肪のつきすぎで、グルーミングも上手くできず、皮膚の状態も悪化。よくあるパターンです」

　須藤は弓子に目を戻す。

「そうだったんですか？」

　弓子は不気味そうに薄を見やり、うなずいた。

「はい。うちの近所にはハリネズミを診てくれる獣医さんがいなくて、隣駅の巣鴨まで行きました。駅前に大きな動物病院があって、そこで診てもらったんです。診断は、あなたの言った通り、肥満でした。キャットフードを中心にしてあげていたら、いつのまにか、太ってしまって」

　薄が言う。

「ご自宅を見た限り、ミールワームやコオロギのような副食は置いてないようですが」

「医師にも言われたんです。ペットフードだけでは栄養が偏るから、生き餌もあげなくちゃダメだって。でも、私、どうしても虫がダメで……」

やれやれ。これには須藤もあきれるしかない。悪気はないのだろうが、近年、この手の飼い主が増えている。

「診察室から出て、途方に暮れているとき、偶然、待合室にいたのが、朝倉さんでした。彼もハリネズミを診せに来ていたんです。私の様子があまり酷かったから、声をかけてくれました。それで、もし、虫がダメなら自分がエサやりをしようかって

……」

「なるほど。ハリネズミが取り持つ縁ってヤツですな」

薄が顔を顰める。

「それじゃあ、ハエとかブヨとかいっぱい取れちゃいますよ」

「トリモチじゃねえんだよ。取り持つ。取って持つの」

「把《と》っ手《て》、持つ？　扉？」

「もういいから。申し訳ない、弓子さん、話を続けて下さい」

弓子は頬を少し赤らめつつ、言った。

「病院の帰り、朝倉さんにチュースケのケージを預けて、生き餌をやってもらいました。私はずっと部屋の外で待っていたんですけど……」

「いや、まあ、その辺りのことは、それほど詳しくおききしようとは思っておりません。となると、今のところ、あなたがハリネズミを飼育していることを知っているのは、その朝倉さんくらいということになりますか」

「はい。本当は管理人さんにも知らせないといけないいんでしょうけど」

「あそこは、ペット禁止ではないですよね」

「ええ。だから、どなたにも知らせないままで」

「判りました」

須藤は薄を振り返る。彼女は小さくうなずいた。

「以上になります。大変なところ、お時間を取らせました」

「いえ。あの、どうか、チュースケのこと、よろしくお願いいたします」

では、と言いかけて、須藤は今一度、弓子を見た。

「最後に一つだけ。少々、不躾《ぶしつけ》な質問かもしれませんが、朝倉さんという人がいるのであれば、どうして、チュースケの世話を頼まないのです？　もし彼が世話を引き受けてくれれば、我々が出向く必要はなかったわけですが」

「それは、あの……、朝倉さんはまだ、私の部屋に来たことはないんです。それと、彼のこと、まだ母に言ってなくて」

「なるほど。判りました」

病室を出ると、傍の面会スペースに、不安そうな顔をした母親の姿があった。須藤たちの姿を見て、駆け寄ってきた。

「あの、娘は?」

「ご心配なく。質問は終わりました」

「それで、えっと犯人は……」

「そちらの方は、現在、捜査中です」

「はぁ……」

「しっかりした娘さんですな」

「いえいえ、まだまだ子供で……」

「そう思っているのは、親御さんだけかもしれません」

「は?」

「では」

須藤たちは階段で一階まで下りる。

「それで薄、次は？」

「当然、朝倉さんに会います」

「職場は品川《しながわ》だったな。石松経由で会えるよう、手配してもらおう」

芦部は車を正面玄関傍に駐《と》めて待っていた。二人が乗りこむと、勢いよく走りだす。

「次は品川だ。急ぐぞ！」

五

朝倉隆孝は、品川駅東口にあるカフェで、サンドイッチをほおばっていた。シャツにジャケットをはおっただけで、ネクタイもしていない。髪はモジャモジャで、無精ヒゲもうっすらと見られるが、それがほっそりとした顔立ちに合っている。

「朝倉さんですか」

須藤たちは身分証をだし、彼の向かいに座る。

「お忙しいところ、申し訳ありません。社内より外の方がいいかと思いましたので」

朝倉は快活に笑う。

「今日は昼飯を食べ損《そこ》ねてしまいましてね。ちょうどよかったです。SEなんてやっているると、こんなことはしょっちゅうなんですけど」

アイスコーヒーを慌ただしくストローで吸い上げる。

「ただ、休憩は最大四十分までなんで……」

「おききしたいのは、大谷弓子さん……」

朝倉が身を乗りだす。

「犯人、捕まったんですか？」

「いえ。現在、鋭意捜査中です」

「そうですか……」

朝倉はアイスコーヒーに戻る。

「で、おききしたいのは、大谷弓子さんの……」

「彼女、容体はどうなんですか？　意識は戻ったし、もう心配はないと聞いてはいるんですけど」

「我々も先ほどお会いしてきました。医師の話ですと、回復ぶりは順調だとか」

「よかったぁ」

「それでですね、大谷弓子さん……の……」

「僕にできることであれば、何でも言って下さい」

「ありがとうございます。で、おききしたいのは、大谷弓子さんの……」

「はい」

「ハリネズミについてなのですが」

朝倉が大きくむせた。

「そ、それはちょっと意外だったな」

「ハリネズミのチュースケ、ご存知ですよね」

「もちろんです」

「あなたは、チュースケのエサ、生き餌をやる手伝いをしていたんですね」

「ええ。手伝いというより、ほぼすべて、僕がやっていました」

「あなたも、ハリネズミをお飼いになってる？」

「はい。三歳になる、オスのヨツユビハリネズミです。色はチョコレート。チュースケはブラウンでしたよね。年齢は二歳ほど」

どうやら、ハリネズミについては、弓子よりよく勉強しているらしい。

「病院に行ったのは、ハリネズミ、うちのは、チョコって名前なんですけど、チョコの様子がおかしいので、もしかすると耳ダニ症じゃないかと思ったからです。弓子さんと会ったのは、二度目の診察で、検査結果を聞きに行ったときです。結局、ダニではなかったので、ホッとしていたんですけれど」

そこで薄が、初めて口を挟んだ。

「生き餌を与えるときなんですけど、どうやっていますか？　手で与えてます？　それとも、容器か何かに入れて？」

「ピンセットを使っています。直《じか》に手でやると、指をかじられたりするって本で読んだので」

「生き餌は具体的に何を？」

「ミールワームとコオロギですね。コオロギは自宅で繁殖させています。ただ、チュースケはコオロギの方が好みのようです。ミールワームは今ひとつでした。好き嫌いの激しいハリネズミなんて、あまり見たことないですけど」

「そうですか。判りました」

薄は満足そうにうなずいた。朝倉は飼い主として合格点であったらしい。

薄は続けた。

「弓子さんのハリネズミ、チュースケですけれど、誰かに見せたことはありますか？」

朝倉は眉を寄せる。

「どういう意味でしょう？　人に見せたことはないなぁ。そもそも、チュースケがうちに来るのは週二回くらいだし」

「弓子さんは、チュースケをどのようにして、運んでいたのですか？」

「ケージごとタオルにくるんで、大抵はタクシーで家の前まで。帰りも同じです。僕は車を持っていないので」

薄は質問を変えた。

「朝倉さん、ペット仲間はいないんですか？」

「ハリネズミの？　いますよ」

「交流はやはりネットなんかで？」

「まあ、そういうコミュニティがあって。でも、時々、オフ会とかもやって、会ったりもしてます……あ」

朝倉は慌てて自分の携帯を取りだし、操作を始めた。

「チュースケ、ほかの人に見せたことはないですが、この写真なら……」

朝倉が示した画面には、チュースケと、もう一匹のハリネズミが並んで写っていた。

「うちのチョコと一緒に撮ったものです」

チョコはチュースケよりさらに色が濃い、その名の通りチョコレート色をしていた。

薄は携帯を返し、さらにきいた。

「この写真、ネットにあげたりは……？」

「さすがにしていません。ただ、オフ会のとき、一度だけ参加者に見せたことがあります。チュースケがかわいかったもので」

薄の目が光る。

「そのときの参加者って、いま判りますか」

「ええ。そのときは、割と少なくて、僕を入れて五人だったかな」

「四人の中で、ブラウンを飼われている方は？」

「四人、全員です」

薄が目を見開く。彼女にしては、珍しいことだ。朝倉は続けた。

「実は、その四人は『ブラウン会』なんてものもやってましてね。ブラウンのハリネズミを愛する会なんです。僕はいつも、ゲスト的な扱いで。だから、チュースケの写真も見せたんですよ」

「四人の名前と住所など、きかせて欲しいのですが」

　さすがに朝倉の表情が曇る。

「え……だけど、それって個人情報でしょう？　それに僕、そろそろ時間が……」

　須藤は、立ち上がろうとする朝倉の膝《ひざ》に手を置いた。真正面から朝倉を睨みつける。

「これは、弓子さんの強盗事件にも関係していることなんです。事は急を要します。教えていただけませんか」

　須藤の気迫に押されたのか、朝倉は顔色を変え、ヘナヘナとまた座りこんだ。須藤は重ねて言う。

「会社にはきっちりと遅れた理由を申し上げますから。もう少しだけ、お願いします」

「判った、判りましたよ。弓子さんをあんな目に遭わせたヤツが捕まるのなら、どんな協力でもします。でも、まさか、あの四人の誰かが、事件に関係しているとでも？」

「それはまだ何とも。あらゆる可能性を考えて当たるのが、捜査の鉄則ですから」

　須藤はもっともらしく、低い声で言った。朝倉が「そんなもんですか」とうなずいたところで、再び薄に替わる。

「四人の中で、現在、遠方にお住まいの方はいますか？」

「遠方ってどのくらい……ああ、島津《しまづ》さんが、半年前、福岡《ふくおか》に転勤になりました。単身赴任だけど、ハリネズミは連れていくと言ってましたよ」

「その人は除外と。残る三人で、独身の方は？」

「ええっと、宮入《みやいり》さんは、独身ですよ」

「同棲《どうせい》もされていない？」

「はぁ？　そこまでは知らないけど、この間、彼女いない歴三十年、とか言ってたから、してないと思いますよ」

「この際だから、その人も思いきって除外。残り二人の住所はどちらでしょう」

「今枝《いまえだ》さんは、駒込駅北口を出て、ちょっと行ったところのマンションだし、永田《ながた》さんは本郷《ほんごう》通り沿いにあるマンションだったかと」

「どちらも、弓子さんの近所ですね」

「そうですね。二人とも最寄り駅は駒込です」

「さて、どっちだろう」

「は？」

「今枝さんと永田さんについて、もう少し、詳しく」

「ええ？　もう完全に遅刻ですよ」

「お願いします」

「お二人の何を言えば、いいんですか？」

「まずは今枝さんです」

「今枝さんは奥さん――清子《せいこ》さんというお名前です――が参加されています。ただ、ご夫婦でハリネズミ好きで、飼育については、ベテランの域です。今は、ブラウンのハリネズミを多頭飼いしています」

「旦那《だんな》さんに会ったことは？」

「こういう集まりが苦手だとかで、まだ参加されたことはないですね。だから、会ったこともないし、名前も知りません」

「飼育状況なんかは判りますか？」

「話を聞いただけですけど、部屋を丸ごと一つ、ハリネズミに当てていて、そこにケージを三つ。それぞれに一匹ずつハリネズミを入れているそうです。エサは市販のハリネズミ用フードと、生き餌。うちと同じように、コオロギを繁殖させているようです。あと、ピンクマウスも時々、あげるって言ってたかな。とにかく、話していると、いろいろと勉強になることが多い人です」

「飼われているハリネズミを実際に見たことはありますか？」

「本物を直接見たことはありません。でも、写真をいっぱいネットにあげられているので、毎日のように見ていますよ」

「今枝さんは普段、どんな格好をしています？」

朝倉はまた唖然《あぜん》とする。

「どんなって、服装とかですか？」

「そんなに具体的でなくていいんです。派手な感じとか、地味な感じとか」

「うーん、家の中では判りませんけど、品のいい、おとなしい方ですよ。服装も地味めで、目がちょっとお悪いのか、度の強い眼鏡《めがね》をかけておられますね」

「ありがとうございます。次は永田さんについて、お願いします」

「永田直道《なおみち》さんと言って、たしか製薬会社に勤めている人で、何だったかな、ＣＰ……」

「イリエワニですね」

「薄、そりゃ、どういう意味だ」

「Crocodylus porosus」

「誰が学名の話をしてんだよ！　朝倉さん、製薬会社ならMRでは？」

「そう、それです。とてもかわいらしいブラウンを飼われています。名前はハリー」

「そのまんまだな」

「ええ、そのまんまです。で、奥様がいらっしゃるのですが、こちらはハリネズミにまったくご興味がないみたいで……」

「奥さんに会ったことは？」

「一度だけ、オフ会の帰りにちらっとだけお見かけしました。お綺麗な方でしたよ。亜紀子《あきこ》さんと言ったかな。永田さんはすごく地味な人だから、びっくりしちゃって。洋服や化粧も派手で、何から何まで対照的な二人でした。ああ、やっぱりあのくらい違う方が上手くいくのかなぁって」

「さあ、どうでしょう。見た目の派手さって、恋愛や交尾とはあまり関係がないんじゃないかと思います。むしろ、毒々しい色で相手を威嚇《いかく》したり、警戒心を煽《あお》ってですね……」

「薄、今は人間社会での話だ。野生の話じゃない。朝倉さん、失礼しました」

「永田さんに聞いたところだと、飼っているハリネズミは一匹だけで、リビングの隅にケージを置いているそうです。世話はもっぱら、永田さんがやっているとか。まあ、奥さんには無理だろうなぁ。香水、すごくつけてるみたいだから」

「エサはやはり、市販のフードと生き餌ですか？」

「そうみたいですね。生き餌はコオロギとミールワームの併用みたいです。繁殖も自分のところでやっているとか」

「最後に、永田さんのハリネズミを見たことは？」

「ありません。今枝さんと違って、ＳＮＳとかもやっていないようなので。携帯の小さな画面では、見たことありますけど」

「そうですか……」

薄はやや不服そうだ。しばらく、うーんと首を捻っていたが、浮かぬ顔のまま、須藤に言う。

「永田夫妻のこと、もう少し詳しく調べられませんか？　いつもみたいに石松さんに頼むとかして」

「無茶を言うなよ。彼らは別に何かしでかしたわけじゃないんだ。石松でも、勝手に調べるわけにはいかんよ」

「でも、このままだとチュースケがかわいそうです」

薄の言う意味が判らない。

「何だ？　弓子さんのハリネズミがどうしてかわいそうなんだ？」

「うーん、何とかならないかなぁ」

おずおずと朝倉が口を挟んできた。

「意味はよく判りませんけど、弓子さんのチュースケに、何か問題でも？」

「いえ、そういうわけではないのですが」

「弓子さん、正直、動物はあまり得意じゃないみたいですけど、チュースケのことは、ものすごくかわいがって、大事にしているんです。最近では、がんばって虫も触れるようになるって、言ってました」

「虫を触るなんて、当たり前……！」

憤る薄をなだめ、須藤は言った。

「君、何か心当たりがあるんじゃないのかね？」

朝倉はぴくりと肩を震わせる。須藤はここぞと攻めこんだ。

「もし、知っていることがあるのなら、教えて欲しい。弓子さん、チュースケのためにも、頼むよ」

朝倉は一瞬で落ちた。

「黙ってるつもりだったんですけど、永田さんのことなら、詳しい人がいます」

「それは？」

「畑中喜一《はたなかよしかず》という人です。少し前まで、『ブラウン会』のメンバーだったんですよ」

「ということは、今はもう違う？」

「ええ。ほかの人、特に、永田さんともめちゃって。事実上の出入り禁止です」

「その理由について、教えてもらえるかな」

「そこまでは知らないんです。ただ、畑中さんが永田さんを怒らせた。そういう噂《うわさ》なんです。永田さんも何も言わないし、何だか、きける雰囲気でもないから」

「畑中さんが何か知っている可能性は高い。当たってみる価値はあるな。畑中さんの連絡先、判るかな」

「電話番号なら判ります。まあ、ネットで調べても、すぐ出てきますけど」

「ネット？　どういうことだい？」

「畑中さん、探偵なんですよ。一応、事務所も開いているみたいです」

何やら怪しげな雰囲気が漂い始めた。須藤は携帯で検索してみる。

畑中探偵事務所というのが、神田《かんだ》にあった。朝倉に確認したところ、ここに間違いないという。

「よし、ここからは我々でやる。情報源が君だということは、言わないから」

「それでも、畑中さんには判っちゃう気がするなぁ。すごく、勘のいい人だから」

「もしそれで、君に迷惑がかかるようなら……」

「いえ、大丈夫です。悪い人ではないですから。それどころか、すごく面白い人で、まあ、口は悪いし、一言、多い人なんですけどね。今度、弓子さんと三人で食事でもって思ってたんです」

「判った。できる限り、君には迷惑のかからないようにするから」

「お願いします」

「最後に、今枝さんと永田さん、二人の写真か何かないかな」

朝倉は携帯の画面を操作し、須藤に向けて差しだす。

「例会のときに撮ったものです。左が今枝さん、右が永田さん」

朝倉を挟んで二人の男女が笑っている。今枝は線が細く、頭髪も白髪ばかりになっている。永田はやや太り気味の、地味な顔立ちだ。髪は七三にわけ、眼鏡をかけている。特徴に乏《とぼ》しく、注意して記憶しないと、すぐにおぼろげになってしまう。顔を覚える際、もっとも厄介なタイプと言えた。

「ありがとうございます。何から何まで、本当に助かりました」

薄がピョコンと立ち上がり、ピョコンと頭を下げた。

「今日は、ありがとうございました」

「いえ、お役に立ったのかどうか、よく判らないのですけど」

それは、須藤も同じだった。薄が、朝倉から何を聞きだしたかったのか、まるで判らない。だが、上司という立場上、それを見せるわけにもいかない。万事了解という風情《ふぜい》で、須藤も頭を下げる。

「お時間を取らせて申し訳ありませんでした」

「もういいんですか?」

「昼休みの時間を大分、オーバーしてしまいました。必要であれば、遅刻の理由を上司に説明しますが」

「ああ、大丈夫です。このくらいだったら。それより……そのぅ……」

頭も見た目も良いが、あまり器用とは言えない青年に、須藤はさらに好感を持った。

「弓子さんのことですか?」

「え……ああ、はい。彼女、どうしていますか? 退院の目処《めど》とかは? 今日はまだ連絡がないものですから」

「どうして、直接、会いに行かないんです?」

「それは……彼女が、お母さんに気を遣《つか》っているんです。僕とのこと、まだ話していなかったから。彼女、母一人、子一人なんです。だから……」

「俺は妻も子供もいないけれど、その分、いろいろな人を見てきたからな。親が子を思うのは当然だし、子が親を気遣うのも当然だ」

「それ、野生動物も同じなんですよ。例えば、カバの親子ですが……」

「薄、いま、その話はいい。ええっと、特に、弓子さんのように、親子の絆《きずな》が強いと、その中に入るのは大変だ」

「そうなんですよねぇ。僕、何も言えなくなってしまって。本当なら、彼女のハリネズミも僕が世話しに行きたいんですけど、彼女にダメって言われてしまって。自分の部屋で、僕とお母さんが鉢合わせしたら、お母さん気絶しちゃうって」

「そうですね。ライオンとか熊《くま》とかだと、下手すると食い殺され……」

「薄、その話もいい」

「またですか？」

「まただ」

「くびすじ」

「うるさいな！　俺は朝倉さんと話しているんだ。ええっと何だ、とにかく、薄の茶々のおかげで、上手く伝わったか心許《こころもと》ないのだが、俺が言えることはただ一つ、君はもっと自分に自信を持っていいってことだよ」

「僕が？」

「そういうこと。ここは、払っておくから」

須藤は伝票を取り、レジへと向かう。その後ろを、薄がついてくる。

「須藤さん、茶々ってなんですか？　オモチャですか？」

「それはチャチャチャ。たまには自分で調べろ」

駅前ロータリーで、芦部の車に乗りこむ。

「次は神田だ。大至急、やってくれ」

六

畑中喜一は、神田駅近くのガード下にある飲み屋で、ビールを飲んでいた。ヨレヨレのスーツに、無精ヒゲ、常に煙草を口にくわえている。場末の雰囲気を一人で放ちながら、何やら難しい顔付きで、自分の携帯を睨んでいる。

畑中がいるのは、カウンターだけの小さな店だ。ガード上を列車が通る度、轟音《ごうおん》と共に店全体が揺れる。日暮れが迫る時間帯だったが、店にはまだ、畑中一人だけであった。

須藤が入っていくと、その気配に畑中が顔を上げた。彼はひと目で、須藤の素性を見抜いたようだった。

「ほほう、おっかない顔の旦那が、何の用かな？」

ジョッキを脇へ押しやり、不敵に笑う。その一方で、須藤の陰に立つ薄にチラチラと目を向ける。彼女の素性がよく判らないためだろう。

須藤は畑中の横に腰を下ろす。薄は、須藤の斜め後ろに立った。

「事務所に電話したら、ここだと言われた。電話に出た女性は、おまえのかみさんか？」

「そんなもんいやしないよ。無償で手伝ってくれる、奇特なおばさんさ。で？　俺に何の用だ？」

「えらく難しい顔をして、携帯を見てたじゃないか？　難事件か？」

「冗談きついぜ、刑事さん。俺なんかのところに落ちてくる案件といやあ、浮気調査とか、やばいものを運んでくれとか、いなくなったペットを捜してくれとか、そんなもんさ」

薄がさっと右手を挙げた。

「私、その仕事、やりたいです」

畑中がぎょっとして身を引いた。

「さっきから気になってたんだけどさ、この人、何？」

「申し遅れたが、俺は須藤、こちらは薄。俺の部下だ」

須藤は身分証を素早く提示し、素早くひっこめた。

畑中はぎょろりと目を剝《む》いて、薄を見つめる。

「時代は変わったねぇ。こんな子が、あんたみたいな強面《こわもて》の相棒とは」

薄はすっと須藤の背中に隠れる。初対面の人間が、薄は苦手なのだ。

「畑中さん、あんたに一つ、ききたいことがある」

「ほう。警察のお方から質問されるなんて、光栄だな。おい、ビール、もう一杯」

カウンターの向こうにいる親父に酒を頼むと、畑中は再び、携帯の画面に目を落とした。

「で？　ききたいことって？」

「永田さんについてだ」

「永田って、どの永田」

「とぼけるんじゃない、ハリネズミ仲間の永田だ」

「あの人、何かやったの？」

「そこまではまだ、答えられん」

そもそも、なぜ永田について調べるのか、須藤には判っていないのだ。

畑中は新たにやってきたビールジョッキを愛《いと》おしそうにさすりながら、言う。

「情報を聞くだけ聞いて、そっちからは何もなし。そういうところに関しちゃ、警察は変わらないね」

「なあ、頼むよ。大事なことなんだ」

「俺だって、大事な案件、抱《かか》えているんだ。時間は割《さ》けないね」

畑中は携帯の画面に戻ってしまう。食えない野郎だ。

須藤は焦りを抑え、持久戦で行くことにした。

「親父さん、俺にもビールをくれないか」

すぐにジョッキが前に置かれる。畑中が食いついてきた。

「職務中じゃないのかい？」

「固いこと言うな」

無理やり、ジョッキを合わせ乾杯をすると、半分ほどを一気に流しこむ。それを見て、畑中はニヤリと笑った。

「気に入ったよ」

「で、どんな案件なんだ？」

「本職の刑事さんが、知恵を貸してくれるのかい？　ありがたい話ではあるが、こっちが抱えているのは、ケチな浮気調査だ。本職の手を煩《わずら》わせては、バチが当たる」

「そう言うな。話くらい聞かせろよ」

「ターゲットは、ある一流企業の役員秘書だ」

畑中は携帯画面を示した。そこに写っていたのは、髪の長い長身の女性だった。高級スーツに身を包み、タブレット端末を持って、社内の廊下をさっそうと歩いている。

畑中は言う。

「彼女が、役員の中の誰かと関係を持っているらしい。それが誰かを突き止めて欲しいというのが、依頼だ。役員は社長を含め、全部で八人」

「ターゲットの面が割れているんだ。尾行していれば、簡単に判るだろう？」

「それがそうもいかない。恐ろしく用心深くてな。この二週間ほど、ありとあらゆる手で情報を取ろうとした。まぁ、旦那の前だけれど、多少、違法なこともしましたよ」

「盗聴とか？」

「まあね。パソコンのハッキングまでやった。ところが……」

畑中は顔を顰めて首を振った。これには、須藤も少々、驚いた。

「この女は、相手と電話もしないし、メールも打たないいってことか？」

「ああ。そのくせ、やることはきっちりやっている様子だ。おっと、お嬢さんの前で良くない話題だな」

「気にしないでくれ。こう見えて薄は、下手な男より動物の交尾に詳しい」

「ほう、そいつは頼もしいや。とにかく、いつ、何処《どこ》で相手と会うのか、事前に情報がまったくもれてこない。尾行してもまかれちまうし、どうにもならんのだよ。期限は一ヵ月。楽勝だと思ったんだが、何も摑めないまま、半分以上が過ぎちまった。このままだと、報酬はなし、経費分、大損ってことになりかねない」

「だが、女と相手は、何らかの方法で連絡を取り合っているはずだ。場所はどこか決まった所があるんだろう。時間も決めてあるに違いない。問題は、日にちだ」

「俺もそう考えた。秘書と役員はほぼ毎日、顔を合わせる。何か合図でも決めているのか……」

「もしそうだとしても、かなり巧妙だぞ。依頼人だって、できる限りのことはしただろう。秘書の行動に注意していたはずだ」

「にもかかわらず、自分では突き止めきれず、俺に依頼してきた」

「符丁や合図を決めたり、メモのやり取りなどをしているわけではなさそうだな。目立ちすぎる」

「どちらにしても、そうなると、一介の探偵には荷が重い。役員室にノコノコ入っていくわけにもいかないからな」

「あのぅ……」

突然、背後から薄が声をかけてきた。

「女性の画像ですが、ほかの日の分も見られませんか？」

「ああ、いいとも」

畑中は携帯を薄に渡す。

「毎日、何枚も撮っている。あんたの考えは判るよ。服とかアクセサリーを合図にしてるっていうんだろう？　ダメだね。その可能性は考えた。身につけているものに、そういったパターンはないよ」

「このタブレット端末なんですけど……」

「それは、彼女の私物だ。各役員のスケジュールなど、データはすべてそこに入れているらしい。肌身離さず持っているよ」

「気になるのは、タブレットケースなんですけど」

須藤は首を伸ばし、薄が見ている画面を覗《のぞ》きこむ。それは、カフェで彼女がタブレット画面を確認している場面だった。

「こいつは昼休みに隠し撮りしたものだ。勤務中は、ほぼ休みなく何かやってる。働き者だよ、彼女は。で？　タブレットケースがどうかしたかい？」

「変わった柄《がら》ですよね」

ケースは深い透明感のあるブルーで、なぜかそこに、象が描かれている。そして、象の周りには数羽の小鳥たち。

畑中はうなずいた。

「それは俺も気になったんだ。それで、ちょいと調べてみた。このケースは市販品じゃない。友達からの贈り物で、オーダーメードだ」

須藤は画面を凝視しながら、言った。

「何やらインドっぽいな」

「さすがだな。その友達ってのは、インド人だ。日本でプログラミングをやりながら、趣味でケースなどの小物を作っているんだと。ちなみに、その友達ってのは女性だ。今回の件には、何の関わりもない」

「なるほど。まあ、少々、変わったデザインではあるが、なかなか綺麗だし、味もある」

「刑事さん、本当に判って言ってんの？」

「うるせえ。で、薄、これの何が気になる？」

「彼女はいつもタブレットを携帯しているんですよね」

「ああ。ほかの写真も見てみろ。大抵のに、写りこんでるぜ」

薄は画面をスクロールさせていく。それにつれ、彼女の表情が輝き始めた。

「薄、どうした？」

「判りましたよ、彼女の連絡方法」

今度は、畑中が身を乗りだす番だった。

「ほ、本当か？」

「この画像を見て下さい」

薄が示したのは、さきほども見た、女性がカフェでタブレットを見ているものだ。

「ケースには象が描かれてますよね。その周りを飛んでる鳥、合計三羽います」

「ああ」

畑中は老眼なのだろう、目を細める。

「これキンパラです」

「はぁ？」

「インド南部から中国にかけて生息している、フィンチです」

「……それが、どうした？」

薄は画面をスクロールし、別の画像をだす。今度は会社のロビーを、初老の男と共に歩く女性だ。服装や髪型も違うため、先の画像とは別の日に撮られたものだろう。

「ここ、見て下さい」

女性の右手には、あのタブレット端末がある。薄の指は、タブレットケースの絵を指していた。

畑中はさらに目を細める。

「これが……どうしたんだ？」

「ほら、鳥、よく見て下さいよぉ」

薄はタブレット部分だけ拡大する。象の周りを飛ぶ小鳥たちがアップになった。

「お、おい、まさか……」

畑中は指で鳥の数を数える。

「三羽。同じだ。ケースを替えることで、合図にしているのかと思ったんだがな。AとB、似たようなケースを二つ用意して、普段はAを使い、いざという日にだけBを持っていく。違いはごくわずか。知っている者でなければ、誰も気づかない」

須藤は苦笑する。

「鳥の羽数が変わっているとか？　さすがに気づかれるだろう」

「いえ」

薄が言った。「畑中さんはいいところを突いています。というより、それで正しいんです。この女性、タブレットケースを二つ持っています。それを使い分けているんですよ」

「しかし、その違いが俺には判らんが」

「キンパラです。よく見て下さい。この初老の男性と一緒に写っているときのもの、これ、ギンパラです」

「……年は取りたくないな。お嬢ちゃんの言っている意味が、何一つ判らない」

「ギンパラは、やはりインド南部から東南アジアにかけて生息しています。キンパラはもともと、ギンパラの亜種と考えられていましたが、今では別種ということになっています。ギンパラはスズメ目カエデチョウ科キンパラ属ギンパラ。キンパラはスズメ目カエデチョウ科キンパラ属キンパラです」

「申し訳ないんだが、俺には相変わらず、あんたの言う意味がさっぱり判らねえ」

「キンパラとギンパラはよく似ていますが、ギンパラはお腹に白い部分があるんです。そこで見分けます。この絵の小鳥、一方にはほんの少し白い毛が描かれています」

「うん？」

畑中が薄から携帯を奪い取る。

「なるほど。たしかに、白いものがある。で……」

指でスクロールしていく。ほかの日の画像を確認しているのだろう。

「……あ、ない。ないぞ。ほかの日の鳥には白い部分がない」

「普段はキンパラ。特別な日にだけ、ギンパラのケースをつけていたんですよ、彼女は」

「いや、すごい。これはちょっと気づかないな。よし、これでじっくり張りこみをすれば、いずれ、相手の男も……」

「その人もある程度、しぼれると思いますよ」

「何だと?」

「このケースは、女性が毎日、持ち歩いているものでしょう? つまり、相手の人は毎日、それを確認できる人です。もし、二日に一度とか、三日に一度とかであれば、もっと別の合図を使った方が効果的です。相手の人は、この女性と毎日、顔を合わせる人、そして、毎日、タブレットケースを間近で見ることができる人」

「役員八人の内で、毎日、会社に来て、彼女と顔を合わせるのは……」

畑中の顔色が変わった。

「社長だけだ」

畑中はごくりと唾《つば》を飲みこんだ。

「何てこった。彼女の相手は社長だ。こいつは、大スキャンダルだぞ」

どこかに連絡しようとする畑中の腕を、須藤は押さえつけた。

「な、何しやがる?」

「これだけしてやったんだ。礼の一つくらい、言ってもいいんじゃないか?」

返答次第によっては、それなりの覚悟があったのだが、畑中はあっさり携帯を置き、薄に向かって笑いかけた。

「このおっかない顔のおっさんにはむかつくが、お嬢ちゃんは別だ。きちんと礼を言わなくちゃな。ありがとうよ。おかげで、事務所を潰《つぶ》さずに済みそうだ」

「お礼なんていらないから、私の質問に答えてくれませんか？」

「ふふーん。どうやら、後には引けそうにないな」

畑中はジョッキのビールを飲み干すと、椅子を動かして、薄と向き合った。

「何でもきいてくれ」

「ききたいのは、永田さん夫妻のことです」

「さて、あの二人とはいろいろあったから、どこから話せばいいか……その前に、あんたら、何で俺に会いに来たの？」

そこは須藤が答える。

「朝倉君だよ」

「ああ、ヤツか。そういえば、あいつの彼女が強盗に遭ったとかって聞いたな。もしかして、あんたら、その関係で？」

「まあ、そんなところだ」

「いや、だったら永田を疑うのはお門違いさ。家庭に問題があるだけで、別に金に困ってもいないし」

「その家庭問題ってとこをききたいんだ。だがその前に、おまえはどうして永田ともめたんだ？」

畑中は鼻の頭を掻きながら、バツの悪そうな顔で言った。

「お嬢ちゃんに聞かせるような話じゃないんだが、俺は毎日、今みたいな仕事をやっている。人の後ろ暗い秘密を暴《あば》いて回ってるわけさ。だから、何となく判るんだよな。永田はいいヤツでさ、ハリネズミのことでも、話が合った。だが、あの女はよくない」

「それは、永田夫人のことか？」

「永田亜紀子だ。永田は彼女にべた惚《ぼ》れで、何でも言うなりさ。自分だけの趣味といえば、ハリネズミくらいだろうな。一度だけ、永田夫妻と会ったことがあるんだが、もう旦那は召し使いみたいなものさ。で、亜紀子は女王気取りだ。ご立派なマンションに住んで、浪費三昧《ざんまい》の日々。まあ、それだけだったら、俺だって黙っていたさ」

「ふん。男か」

「さすが刑事さんだ。亜紀子を見た瞬間に、俺はピンときた。で、数日、彼女に張りつき、写真を撮った。浮気相手は、一人だけじゃなかった」

「そして、それを旦那に見せた」

「ああ。よかれと思ってな。腕のいい弁護士を紹介するとも言った」

「永田の反応は？」

「殴られた。それだけだ。友達の縁を切られ、ハリネズミの会も出禁。その後、電話一本、メール一通来ない」

「余計なことをしたな」

「ああ。それは認めるよ。だが、友達として、黙っていられなかったんだ。ちなみに、二人は今、駒込の高級マンションに住んでいる。半年ほど前に引っ越したんだが、その理由、なんだと思う？」

「さあな」

「亜紀子が小火《ぼや》をだしたんだ。酔っ払って帰宅し、酩酊《めいてい》状態のまま、料理をしようとした。小腹が減っていたんだろうな。しかし、料理の途中、鍋《なべ》を火にかけたまま寝ちまったんだ。寝室で寝ていた永田が気づいて、事無きを得たらしいがな。俺なら、さっさと叩きだして、気楽な一人暮らしに戻るけどな」

須藤は薄を見る。

「どうだ？　これで知りたい情報はすべてか？」

「永田夫妻は駒込のマンション住まいだそうですね。マンション名と部屋番号は判りますか？」

畑中が答える。

「マンション・レッドバアロン。部屋は六〇五」

薄はやや強ばった表情で、そわそわと壁の時計を見た。時刻は午後七時半だ。

「どうした、薄」

「須藤さん、急ぎましょう」

「急ぐってどこへ？」

「とにかく、早く」

須藤の袖を引っ張って、店を出ていこうとする。

まだビールが残っているのだが。仕方なくあきらめ、畑中に手を上げる。

「ありがとう、助かったよ」

「刑事さんもお達者で。今度、飲みましょうや」

「ああ、今度な」

「早く早く」

「待てよ、薄」

付近に駐車場がなかったため、芦部は車を運転して近辺を回っている。携帯で連絡しなければ。

　路地を抜け、通りに出る。両側から長身の男二人が出てきた。地味なスーツ姿だが、明らかに一般人とは雰囲気が違う。二人は須藤たちを挟みこむようにして立ち塞がる。

「須藤警部補だな」

　彼らの正体が、須藤には判っていた。

「監察官室か」

「我々と一緒に来てもらおうか」

　いつのまにか、背後も固められている。二人の男が、退路を塞いでいた。右に立つのは、警察博物館で叩きのめした牛岡だ。頬に大きな絆創膏《ばんそうこう》を貼り、恨みに燃えた目で、須藤を睨んでいる。

　須藤はひとまず、横に立つ薄の様子を確認する。彼女は油断無く周囲に目を走らせ、突破口を見つけようとしている。

　須藤は彼女の背をそっと叩く。

「今は止めておけ」

「でも、グズグズしていると、チュータが」

「チュースケだ」

「あれ？　そうでしたっけ？」

男の一人が言った。

「私語は慎《つつし》め。須藤警部補、あんたは無期限の停職処分だ。監察にたてつくとどうなるか、思い知らせてやるからな」

薄が手を叩く。

「すごい、須藤さん。無期限で定食食べ放題ですよ」

「もう二十年若かったらな。定食屋を破産させてやるところだ」

「私語は止めろって言ってるだろうが！」

男が甲高《かんだか》い声で叫ぶ。須藤は顔を近づけると、自分より十は若い監察官を睨みつけた。

「悪いが、俺はあんたらと違って忙しいんだ。こんなところで遊んでいる暇はない」

相手の顔色が変わる。須藤は指で相手の鳩尾《みぞおち》を突きながら、さらにまくしたてた。

「今は捜査中だ。これが済んだら、停職でも、食べ放題でも、何でも受けてやる。そこをどけ」

「警部補、あなたは自分の置かれた立場が判っていないようだ」

横にいた須藤と同年配の男が、替わって立ち塞がる。

「あなたには、自由に行動する権利がない。我々の命令に従ってもらうより……」

男の顔が赤くなった。何か様子がおかしい。ふと相手の足元を見ると、薄が彼の足を踏みつけている。

「須藤さん、知ってます？　足の先って神経が集まっていて、一番、敏感なところなんですよ」

「そのくらい知っている。護身の基本だ」

須藤は迷わず、相手の顎に肘を打ちこんだ。

「薄、俺はこれで、完全にクビだ」

「須藤さん、それはクビじゃなくて肘ですよぉ」

倒れこむ男を乗り越えて、須藤は薄と並んで走りだす。残った三人は、意表を突かれたのか、その場を動けずにいた。

目の前に、車が停《と》まる。運転席で、芦部が手招きしていた。

「いいタイミングだ」

薄は後部シートへ、須藤は助手席へ、それぞれ滑《すべ》りこんだ。

「薄、次は何処だ？」

「駒込に戻りまーす。永田さんのマンションに大至急です」

「芦部、判ったか？」

「了解でーす。全速力で向かいます」

車は急発進する。

シートベルトをつけながら、須藤は言った。

「俺たち、いいチームだな」

七

永田夫妻のマンション前に車を駐めたときには、午後八時を回っていた。監察どものせいで、余計な時間を食ってしまった。

マンションは、新築の分譲タワーマンションである。一階にはコンビニやチェーンのクリーニング店が入っている。マンションを中心に、周囲は公園が整備されており、奥の方には噴水まである。

運転席から芦部が言う。

「製薬会社のMRって、つまり薬の営業マンってことですよね。ものすごく給料がいいって噂を聞いたことあります」

「そうらしいな。このマンションを見れば、判る。さあ、行くぞ。芦部、おまえも来い！」

「え？　いいんですか？　車は？」

この時間の本郷通りは車の往来が激しい。

「気にするな。行くぞ」

「駐禁、取られますよ」

「かまわん」

「レッカー移動も……」

「かまわん！」

「後になって文句言わないで下さいよ」

芦部はアタフタとシートベルトを外し、飛びだした。

薄は既に歩道を横切り、正面玄関から中に入ろうとしていた。

「須藤さん、やっぱり、自動ロックです」

ドアの前には、部屋番号の入力画面がある。セキュリティ強化は確かに必要だが、毎度、このシステムには泣かされる。

芦部が言った。

「警備員がいるはずです。事情を話して、開けてもらいましょう」

「それは妙案だが、もっといい手がある。薄、もう一度、確認するぞ。今は切迫した事態なんだな」

「いえ、須藤さんがお腹を切るほどのことではないと……」

「切腹じゃないんだよ。それに、どうして腹を切るのが俺なんだ？　まあいい、とにかく、急を要する……でも判らんか、何か危ないことが起きそうなんだよな」

「はい、それは間違いありません」

「よし」

須藤は行く手を塞いでいるドアを、思い切り足の裏で蹴りつけた。強化ガラスなのだろう。傷一つつかない。

芦部が叫んだ。

「そんなことしても無駄ですよ。とても破れません」

「そんなことは判ってる。おまえもやれ」

「僕も？」

「何のために連れてきたと思ってる？　少しは役に立て」

「こんなことして、大丈夫なんですかね？」

そう言いながらも、芦部はガンガン、須藤以上の勢いでドアを蹴る。

「大丈夫なわけないだろう。しかし、俺は監察官を殴り倒して逃走中の身だ。後のことを気にする必要はない」

「待って下さいよ。僕はどうなるんです？」

「大丈夫、おまえは晴れて、捜査一課に完全復帰だ」

「一つ、きいてもいいですか？」

「何だ？」

「こうやってドアを蹴り続けて、どんな意味があるんです？」

「ほうら、やってきたぞ」

表から、制服を着た警備員が三名、血相変えてこちらに走ってくる。

須藤は足を下ろし、彼らに向かって手を振った。

「こちらから探しに行かなくても、こうしていれば、向こうからやってくる」

「なるほど……。だけど、もの凄《すご》く怒ってるみたいですよ」

それまで、脇でおとなしくしていた薄が、にっこりと微笑《ほほえ》みながら言った。

「やっつけるのなら、任しておいて下さい。見たところ、三人の内、二人は大した訓練も受けていません。気をつけるのは、真ん中の一人だけです。彼を倒せば、後は何とでもなりますから。あ、特殊警棒を持っている恐れがありますから、まず、目をやりましょう」

薄が明るくピースサインをする。ぴんと伸びた人差し指と中指が、おいでおいでをするように、動く。

須藤はその手を下げさせる。

「目つぶしはまたの機会だ。今は、ほかにやることがあるだろう」

男たちは、威厳《いげん》を保《たも》つためか、必要以上に胸を張り、須藤たちの前に立つ。口を開いたのは、真ん中の男だった。

「何をしている?」

須藤は男に身分証を突きつけた。

「警察だ。緊急事態なんだ。中に入れてくれ」

男は身分証と、ドアについた無数の靴跡を見比べる。

「須藤友三警部補。警視庁に確認を取らせてもらいます」

監察からの報告は、今ごろ、警視庁中を駆け巡っているに違いない。そんなところに照会の電話が入れば、万事休すである。

「事は一刻を争う。永田夫妻だ。ここに住んでいるだろう?」

「申し訳ありませんが、規則なので」

「では、捜査一課の石松警部補にかけてくれ。内線番号を言うから……」

「どこの誰にかけるのかは、私が決めますから」

男は自分の携帯をだした。

「そこを動かないよう……ふにぁぁ」

男は携帯を手にしたまま、その場に崩れ落ちた。白目を剝いて、舌をだし、ヒクヒクと痙攣《けいれん》している。

その脇には、小さな注射器を手にした、薄がいる。

「う、薄、おまえ、この人に何をした？」

「マウス用の三種混合麻酔薬を私が改良したものです。すごい効き目！」

「喜んでる場合か」

須藤は男の首筋に指を当て、脈を確認する。力強い反応があったが、顔はだらしなく弛緩《しかん》し、体全体は今もヒクヒクと小刻みに動いている。

薄は不服そうに言った。

「大丈夫ですよぉ。多分、死なないと思います」

「大丈夫と多分ってのは、両立しない言葉だ。だがまあ、仕方ない」

須藤は男の腰に下がる、マスターキーと思しきものを、ホルダーから外す。

「さてと」

残り二人の警備員は、薄の言った通り、ガタガタと震えながら、抵抗の意志すら見せない。

「まあ、楽にしていてくれ」

マスターキーを入力画面に近づけると、画面上の赤いランプがともり、ドアが音もなく開いた。

エレベーターを目指して走りながら、須藤は薄に言った。

「麻酔薬の効き目はどのくらいだ？」

「人体実験はしていないから、よく判りません。あの人、体が大きいから五分くらいで目を覚ますと思います」

二人の後ろを走る芦部は、泣いているようだった。

「もうダメです。僕のキャリアも、警察官としての立場も……」

「大丈夫だ。監察には、俺に脅されて、渋々《しぶしぶ》従ったと言えばいい。日塔にも、よく言っておくから」

エレベーターが到着し、ドアが開く。中から男が飛びだしてきた。須藤たちを突き飛ばし、正面玄関を走り出ていく。一瞬見ただけだったが、男の顔には見覚えがあった。

「あいつ、永田だ！　芦部、ヤツを追え。引っ捕らえて、絶対に離すな」

「は、はい。こうなったら、ヤケクソです」

うぉぉぉと叫びながら、男の後を追っていく。

エレベーターの中では、薄が首を傾《かし》げている。

「糞《くそ》を焼く風習を実践している部族はまだありますけど、芦部さんは何に使うつもりなんですかね？　肥料？　おまじない？」

「さあな。事件が解決したら、本人にきいてみろ」

「はーい」

エレベーターは永田夫妻の部屋がある六階に着く。ドアが開き廊下に出ると、何やら焦《こ》げ臭《くさ》い。

廊下はグレーのカーペットが敷かれ、まるでホテルの中にいるようだ。エレベーターホールにある大きな窓からは、東京の街並みが一望できる。

須藤は天井の照明を見上げる。うっすらとではあるが、白い煙がたなびいていた。

「薄、こいつはやばいかもしれん」

「焦げ臭いですね。もしかして、ヤケクソ？」

「そうでない事を祈ろう」

永田の部屋は廊下の中ほどだった。玄関ドアの隙間《すきま》を見ると、白い煙が外にもれてきている。

警備員から取り上げたキーを鍵穴に差しこみ、捻る。ドアを薄く開くと、灰色の煙と刺激の強い臭いが、隙間から流れ出てきた。

須藤はハンカチを鼻と口に当て、薄を振り返る。彼女は既に須藤と同じ態勢を取っており、腰をかがめ突入の合図を待っていた。

「薄、俺の後から来い。何かあったら、自分の判断で行動しろ」

何かモグモグ言っているが、ハンカチで口を塞いでいるので、よく判らない。ここから先は、口頭でのやり取りは無理になる。互いの呼吸が合わないと、二人とも無事では済まない。

須藤はドアを全開にして、中へ飛びこんだ。視界を真っ白な煙が遮る。耳を澄ますと、廊下の先にあるドアの向こうから、ゴウゴウという音がする。

腰をかがめて前進し、ドアをそっと開く。そこはダイニングキッチンのようだった。カウンターの向こうで、オレンジ色の光が瞬いている。

ガスコンロの上で、中華鍋が炎を上げているのだ。このような状況でも、スプリンクラーや非常ベルなどの防災機器は作動していない。故意に壊されたのか、整備に不備があったのか。

須藤はカウンターを回りこみ、熱に辟易《へきえき》しながらも鍋の中を確認する。炒《いた》め物か何かを作ろうとしていて、引火したようだ。煙で、薄がどこにいるのか、もはや確認できない。呼吸も徐々にだが、苦しくなってきた。須藤は上着を脱ぐと、炎を上げている鍋の上にかぶせた。完全ではないが、火の手は弱くなる。

「須藤さん、これ！」

薄の声と共に、カウンターの向こうから何かが飛んできた。両手で受け止めると、それは消火器だった。従来の半分くらいの大きさで、玄関などに常設してあるものだ。すぐにピンを抜きレバーを押し、消火剤をコンロに向けてふきかける。今度は、消火剤で視界が真っ白になった。

「薄、どこだ？」

「こっちでーす、人が倒れてまーす」

緊迫感のない声が、近くから聞こえるが、姿は見えない。

須藤はコンロに近づき、火が消えていることを確認する。

「薄、もう一度、声をだしてくれ」

「こっちでーす」

大きなダイニングテーブルの向こう側から、聞こえてくる。須藤はなおも腰を低くし、手探りで進んでいく。指先がテーブルの縁に触れた。そのまま、ゆっくりと回りこんでいく。足元に突然、黒いものが現れた。髪の長い女性が、俯《うつぶ》せに倒れている。派手な服装で、化粧も濃い。恐らく永田亜紀子だろう。脈を取ると、弱いながらも、確かな反応がある。

「薄、救急車！」

「もう呼びました」

かすかな風の流れを感じた。薄が窓を開けたのだろう。

「よし、この人を運びだす。手伝ってくれ」

「待って下さい。その人より大事なものを……」

「おい、人より大事なものがあるのか？」

「ありますよぅ」

薄の姿は、いまだ白い煙に遮られ、見ることができない。

須藤は舌打ちをして、亜紀子を抱え上げる。腰の辺りに嫌な張りを覚えたが、構わず廊下に向かって走る。

　この段になって、ようやく、非常ベルが鳴り響き、各戸から血相を変えた住人たちが飛びだしてきた。須藤は亜紀子を廊下の隅にいったん寝かせる。意識を失ってはいるが、呼吸はしっかりとしているし、これといった外傷も見当たらない。アルコール臭がすることから、酒で意識を失い、倒れていただけのようだ。

　ようやく、薄が出てきた。手には、タオルにくるんだ動物用のケージを提げている。

「須藤さん、何とか間に合いました」

「間に合ったって……」

「ほら、チュースケも無事でしたよ」

　タオルをそっとめくると、中には、ブラウンのハリネズミが一匹、小さく丸まっていた。

　薄はタオルを戻し、ケージを我が子のように抱《だ》き抱える。足元に倒れている亜紀子には見向きもしない。

「部屋のドアが閉まっていたので、それほど煙の被害は受けていないと思います。でも、ちゃんと検査しないとなぁ。あと、大きな音もしただろうし、恐かっただろうなぁ。心のケアをきちんとしないと。これから、知り合いの動物病院に連れていきたいんですけど」

「それは構わないが、まずは亜紀子さんを救急隊員に預けないとな。それと……」

須藤は携帯をだし、確認する。芦部から着信があった。すぐにかけ直す。

興奮気味の声で応答があった。

「須藤警部補、大丈夫ですか？」

「こっちは薄共々、大丈夫だ。それより、永田は？」

「確保しました。当初、暴れていましたが、今はおとなしくしています」

「こちらが一段落したら、すぐに行く。くれぐれも目を離すなよ」

「判りました……と言いたいのですが、警部補、永田氏はいったい何をしたのですか？」

「判らん」

「はぁ？」

「実のところ、俺にもはっきりと判らんのだ。薄の指示に従っただけなんでな」

通話を切り、薄を見上げた。

「もういいだろう、説明してくれ。これはどういうことなんだ？」

「チュースケの殺害未遂です」

「違うだろう！　いや、違わないか……。いや、違う！」

「どっちなんですか？」

「ハリネズミの話は後回しだ。人間様を片づけよう……いや、違う、やっぱりハリネズミだ。おまえさっきから、そのハリネズミのことをチュースケと呼んでいるが、それはおかしいだろう。チュースケは、大谷弓子さんの飼っているハリネズミだ」

「違いませんよ。これが、所信表明のチュースケです」

「正真正銘じゃないか？」

「そうかもしれません。とにかく、チュースケです」

「それじゃあ、俺たちが弓子さんの部屋で世話をした、あのハリネズミは何なんだ？」

「ハリーです」

「……つまり、永田が飼っていたハリネズミ？」

「そう。二匹は入れ替わっていたんです」

「入れ替わってたって……ハリネズミが勝手に入れ替わるわけはないよな」

「当たり前です。たしかにハリネズミは脳の大きさなどに比べ頭はいいです。名前を覚えられる個体もあるし、トイレトレーニングだって可能です。でも、自分たちだけで入れ替わるのは……」

「ということはつまり、誰かが入れ替えたことになる。誰が、何のために、そんなことをしたんだ？」

「永田さんが、奥さんを殺すためにですよ」

「ますます判らなくなってきたな。永田の妻殺しとハリネズミがどう関係してくる？」

「永田さんの奥さんは、浮き輪をしていたんですよね」

「浮気だ」

「多分、それが動機です。永田さんは事故に見せかけて、奥さんを殺そうと考えます。奥さんはお酒が好きで、酔っ払って帰宅することも多かった」

「酔ったまま料理をして、小火をだしたことがあったらしいな」

「それを利用したんですよ。料理をしようとして、誤って鍋に引火。意識を失って倒れ、そのまま……」

駆けつけるのがもう少し遅かったら、亜紀子は間違いなく、煙に巻かれ死んでいただろう。

薄は続ける。

「ただし、永田さんがその計画を実行するには、一つだけ問題がありました。かわいがっているハリーの存在です」

「そうか！　部屋に煙が充満し、下手をすれば丸焼けになるかもしれない。妻を殺害するのはいいが、それでは愛するペットも巻き添えになってしまう」

「事前にハリーを避難させておけば、疑いを招く恐れがあります。そんなとき、永田さんは、オフ会で弓子さんのチュースケの写真を見ます。体付きから色まで、ハリーそっくりのチュースケを見て、永田さんの計画は完成したんです」

「事前にハリーとチュースケを入れ替える。妻と一緒に死ぬのはチュースケだ。ハリーは弓子さんの許で元気に……おい、すると、弓子さんを襲った強盗犯というのは……」

「多分、永田さんです。弓子さんが入院して家を空ければ、入れ替えがやりやすくなりますし、バレる確率も減りますから」

「何とも酷い話だな。その辺は永田本人にゲロしてもらおう。しかし薄、どうやってハリネズミの入れ替わりに気づいたんだ？　俺には二匹がまったく同じに見えるがな」

「外見だけなら、私にもなかなか区別できません。ただ、さっきも言いましたけど、ハリネズミは個体差があります。まずは臭いです。弓子さんは、香水などをほとんど使ってませんでした。私たちが弓子さんの部屋に行ったとき、芦部さんから妙な臭いが出ていましたよね」

「電子煙草のリキッドだろう?」

「でも、ハリネズミはそれほど気にした様子もなく、普通にしていました。何となくですけど、ちょっと違和感を覚えたというか」

「永田の部屋は、香水やら酒やら、いろいろな臭いに満ちていただろうからな」

「体についた傷も疑問の一つでした。弓子さんは部屋遊びをさせた形跡もない。ではどうして、傷がついたのか」

「永田は部屋遊びをさせていたんだな。傷はそのときについた」

「ええ。それと、生き餌の件も引っかかりました。朝倉さんによれば、チュースケは、コオロギは食べるけれど、ミールワームはあまり好まないとか。でも、弓子さん宅の個体は、喜んで食べていました。最後に、もう一つつけ加えるのなら、弓子さんの所にいた個体は、比較的、人慣れしているようでした。初めて会う私たちも、それほど怖がることなく、顔を見せてくれましたし。弓子さんたちから聞いたチュースケとは、やはりゲップがあって」

「ギャップだ」

「それで、もしかしたら、この個体は本来、ここにいるべき個体ではないのではないか、そう考え始めたんです。すると、もう一匹、ハリネズミが出てきて、見た目もそっくり」

「なるほど」

「この計画が上手くいっていたら、そのうち、頃合いを見て、弓子さん宅にもう一度忍びこんで、ハリーを連れだすか、似た個体と入れ替えておくか、するつもりだったのでしょう」

「しかし薄、そこまで判っていたのなら、どうして早めに言わなかった？　そうすれば、もっと早くあいつを取り押さえることができたのに」

薄は目をぱちくりさせる。

「そんなことしたら、永田は何ら罪に問われないじゃないですか。もし、ハリネズミの入れ替えを否定されたら、それを証明する術はないんですから」

「まあ、たしかにな……」

チュースケとハリーの区別がつくのは、恐らく永田だけだ。弓子には識別できないだろう。永田が弓子を襲った犯人であるとの証拠も、まだ見つかっていない。つまり、永田は、「妻を殺そうと考えているかもしれない人物」に過ぎないことになる。

「慌てて部屋に踏みこんでも、須藤さんには何もできませんよ」

「いや、しかし、それで犯罪が未然に防げるのであれば……」

「防げないかもしれません。こんなことを考える人です。ほとぼりが冷めたら、また計画を実行に移す可能性もあります。そのときまた、チュースケやハリーが危険にさらされたら、困ります」

「おまえが心配していたのは、そこか！　要するに、ハリネズミが二度と巻きこまれないようにするため、永田が事を起こすのを待っていたんだな」

「待っていたとは、えーっと、人斬《ひとき》りが笑う」

「人聞きが悪いだ」

「でも、結果ランラン」

「結果オーライ」

そうこうするうち、担架を持った救急隊員たちがやってきた。彼らに亜紀子を任せると、須藤は薄と共に階段を駆け下りる。

マンション前は、緊急車両や退避した住人たち、野次馬などでごった返していた。

規制線が張られ、既に警官たちが整理に当たっている。その少し離れたところに、ぐったりとうなだれた永田とそれを見張る芦部がいた。皆、火災の方に気を取られ、須藤たちに注意を払う者はいない。

須藤は芦部に声をかける。

「ご苦労だった」

「はい」

「日塔か石松に連絡だ。引き継いでもらわないとな」

「判りました」

永田はしゃがみこみ、両手で頭を抱えたまま、顔を上げようともしない。

須藤は言った。

「奥さんは無事だよ」

それに対し、永田がつぶやいた。

「殺すつもりはなかったんだ」

「おい！　テレビの刑事ドラマじゃないんだ。これだけのことをしでかしておいて、その言い訳が通用するわけないだろう」

「本当は、自分が死ぬつもりだったんだ。もう、耐えられない。だけど、ハリーのことを思うと、どうしても、できなかった。あいつは、俺だけが頼りなんだ。もし、あいつを託せる人がいれば、妻を殺す必要なんてなかったんだ」

「勝手な理屈をほざいてんじゃねえぞ」

思わず胸ぐらを摑み上げそうになった。その瞬間、永田の言葉に既視感を覚える。

俺は似たような言葉を、最近、聞いたばかりだ……。

須藤は、芦部から車のキーをもぎ取ると、一目散に駆けだした。

「須藤さーん、どうしたんですかー？」

薄の呼びかけに答える余裕もない。車に乗りこむと、エンジンをかけ、急発進させる。無免許運転になるが、気にしている余裕はなかった。


玄関扉を蹴破った須藤は、真っ暗な廊下を突き進んだ。電気はすべて消えており、生ゴミのすえた臭いが充満している。

気配を感じて、右手にある襖《ふすま》を開いた。六畳ほどの仏間で、立派な仏壇には、花と線香が手向けられ、二本のロウソクには煌々《こうこう》と灯《とも》が点っている。その前で、男が拳銃《けんじゅう》を口にくわえていた。

須藤の登場が、男の迷いにケリをつけたようだった。正座をしたまま両手で銃を持ち、引き金に指をかけた。

「バカ野郎」

須藤は男の背後から体当たりした。引き金を引かせぬよう、両手で銃を押さえ、口から引き抜いた。男はなおも抵抗する。銃にしがみつくようにして、放そうとはしない。

「いい加減にしろ」

須藤は相手の頬を張った。一発では手応《てごた》えがなく、二発、三発と続けた。ようやく力が抜け、銃を放した。須藤は銃口を天井に向けたまま、仰向けに倒れこむ。

どこかで犬の吠《ほ》える声がした。ガンと何かが窓ガラスに当たる音も聞こえる。須藤は立ち上がり、仏間のカーテンを開けた。庭に通じる窓ガラスの向こうに、興奮した犬が鼻先をくっつけていた。ガラス戸を開くと、中に飛びこんでくる。そのまま、部屋の真ん中でうなだれている男、池尻耕作の許へ寄っていった。

須藤は言った。

「あいつは俺だけが頼りなんだ。おまえはそう言って、口を閉じた。本当は、こう続けたかったんだろう？　須藤に任せれば安心だ」

池尻は小さくうなずいた。

「俺が死んでも、おまえが引き取って育ててくれるに違いない。だから……」

須藤はもう一度、池尻の頬を張った。

「そのワン公残して、一人で逝《い》こうってのか。無責任過ぎるぜ」

池尻は声を上げて、泣き始めた。パトカーの音が、徐々に近づいてくる。騒ぎを聞いて、近所の誰かが、一一〇番したのだろう。

ハリネズミも犬も、皆、無事だった。

無事では済まないのは、俺だけか。

膝の力が抜け、その場に座りこんだ。さて、明日から何をして、毎日を過ごそうか。

八

電話が鳴ったとき、須藤は独《ひと》り、デスクに座り、ぼんやりと窓の外を眺めていた。

昨夜は永田の件と池尻の件、双方の聴取で一睡もできなかった。解放されたのは明け方であったが自宅には帰らず、そのまま本庁へとやってきた。人気《ひとけ》のない階段を上り、田丸弘子のいない総務課の部屋に入った。デスクに座ったはいいが、これといってすることもない。空にたなびく雲を、無心になって見上げていたというわけだ。

電話は鳴り続ける。こんな時間にいったい、誰だ。苛立ちが募《つの》り、荒々しく受話器を取り上げると、「はい、須藤」とだけ言った。

「須藤警部補」

その声に、須藤は思わず立ち上がり背筋を伸ばした。

「鬼頭管理官……」

鬼頭はどうやって須藤の居所を突き止めたのだろうか。ここにいることは、誰にも言っていないのに。

電話の向こうは沈黙したままだ。仕方なく、須藤の方から口を開いた。

「管理官、この度は申し訳ありません。監察官室との一件は、すべて私の責任です。薄や芦部には一切、関わりがないことです。本日中に辞表をだしますので……」

鬼頭の声は凍《こご》えるほどの冷気をはらんでおり、疲れも眠気も一気に吹き飛んでしまった。

電話口で、「ふっ」というかすかな息づかいが聞こえた。鬼頭が苦笑しているらしい。今まで、鬼頭の口元がわずかでも緩むところを、須藤は見たことがなかった。

「この程度のことで、おまえを楽にしたりはせん」

「……それは、どういう意味でしょうか」

「おまえには、今まで通り働いてもらう」

「しかし、管理官、私は監察の人間を……」

「池尻の件で、おまえを監視対象としたのは、向こうの勇み足だ。池尻の自殺を防いだという手柄で、充分に相殺《そうさい》可能だろう」

「しかし……」

「監察ごときを恐れてどうする。これからも遠慮なくやれ。話は終わりだ」

通話は切れていた。

須藤は再び、窓の外を見る。青い空に白い雲。目に入るものはさっきと同じだが、見え方はまるで違っている。

クビが繫《つな》がった。

自然と口元が緩む。弘子がいれてくれる濃いお茶が、無性に飲みたくなった。

たまには、自分でいれるか。腰を上げようとしたとき、ドアが開いた。入ってきたのは、険《けわ》しい顔をした石松だ。

「池尻の件、聞いた。大変だったたな」

「あいつの犬を引き取るハメになった」

「エサ代くらい、援助させてもらうよ」

「で、何の用だ？　そんなことをわざわざ言いに来たわけでもあるまい」

石松は脇の下に挟んだファイルをだし、デスクに置いた。

「至急の案件なんだ」

須藤はファイルを開く。

「ほほう、こいつは面白い」

「頼んだぞ」

石松は素っ気なく言うと、部屋を出ていった。

須藤は流しで顔を洗うと、まず、芦部に電話した。

「続けてで悪いが、臨場だ。すぐに車を回せるか？」

「任せて下さい。五分後に地下駐車場で」

「よし」

続いて薄にかける。すぐに、いつもの声が聞こえた。

「はい、はーい、須藤さん」

「緊急の案件だ。これから迎えに行く」

「はーい、いつでもどうぞ」

携帯をしまい、廊下を走る。

うん、やっぱりいいチームだ。

「ピラニアを愛した容疑者」

—参考資料—

『ザ・ピラニア　肉食魚の飼育と楽しみ方』
文・写真　小林道信　誠文堂新光社

AQUARIUM FISHES
http://www9.plala.or.jp/n-hiro/index.html

ピラニア援助交遊
http://piranha.dee.cc

「クジャクを愛した容疑者」

—取材協力—

京都大学クジャク同好会の皆さん

サカタニさん

スカイレインボーハリケーンゴッドフェニックスさん

「ハリネズミを愛した容疑者」

—参考資料—

『ザ・ハリネズミ　飼育・生態・接し方・医学がすべてわかる』
大野瑞絵・著　石川晋・写真　三輪恭嗣・監修　誠文堂新光社

『ハリネズミ　完全飼育』
大野瑞絵・著　井川俊彦・写真　三輪恭嗣・監修　誠文堂新光社

YAHOO! JAPAN　きっず図鑑
https://kids.yahoo.co.jp/zukan

解　説

大矢博子（書評家）

本書は、『小鳥を愛した容疑者』『蜂に魅《ひ》かれた容疑者』『ペンギンを愛した容疑者』（いずれも講談社文庫）に続く〈警視庁いきもの係〉シリーズの第四弾である。

二〇一七年にフジテレビ系列で放送された、本シリーズのドラマを楽しんだ方も多いだろう。捜査一課出身の強面《こわもて》警部補・須藤友三を渡部篤郎が、制服がコスプレにしか見えない動物好きの女性警察官・薄《うすき》圭子を橋本環奈が好演した。どちらも原作のイメージにぴったりだった。今や小説を読んでいてもふたりの顔や声で脳内再生されるほどだ。同じ症状の読者も多いのでは？

ドラマでの「恐怖のピラニア殺人」の回と「湯けむりハリネズミ」の回の原作となった短編は本書に収録されている。小説ではどんな設定だったか、ドラマをご覧になった方はぜひ本書でご確認いただきたい。温泉には行ってません。念のため。

さて、シリーズ読者にはすでにお馴染みのことではあるが、たまたま本書から手に取られたという方もいるかもしれない（それはそれでいっこうに差し支えない）ので、まずはアウトラインを紹介しておこう。

視点人物は須藤友三警部補。捜査一課で鬼と呼ばれた刑事だったが、職務中のケガで第一線からはずれることを余儀なくされた。異動先は総務部総務課動植物管理係——通称・いきもの係。勾留《こうりゅう》された容疑者や事件の被害者が飼っていたペットの保護を担当する部署で、部下はまだ若い薄圭子巡査ただひとり。ただこの薄が曲者《くせもの》だ。大学の獣医学部をトップで卒業し、動物園での実務経験もあり、動物に関する知識は専門機関からスカウトが来るほどの人物なのである。常に人間より動物優先でものを考えるため、その言動は時として見当違いな方を向いているように見える。というか、向いている。

事件が起きて、容疑者もしくは被害者がペットを飼っているという場合、いきもの係に臨場要請が来る。捜査のためではなくあくまでも動物の世話をするためなのだが、そこで薄が動物の生態から事件のヒントを得て、捜査経験豊かな須藤とともに解決する——というのがお決まりのパターンだ。

これまでの三冊でふたりは、十姉妹《じゅうしまつ》に始まり、ヘビにカメにフクロウ、スズメバチ、ペンギン、ヤギ、サル、ヨウムが関わる事件を手がけてきた。四冊目の本書ではピラニア、クジャク、そしてハリネズミが登場。各動物たちの意外な生態には驚くばかりで、情報小説としても実に読み応《ごた》えがある。それらの情報を巧みに謎解きに利用し、さらにそこからもう一捻《ひね》りも二捻りも加えてくるミステリの構成たるや、実にテクニカルという他ない。

なお、本書のいきもの係は架空の部署だが、警視庁には動物の密輸入や不正売買を捜査する部署がある。その部署の現役警察官である福原秀一郎氏による『警視庁生きものがかり』（講談社）には、リアルいきもの係の奮闘が描かれているので、興味のある方はぜひ。

ところで私はさきほど〈お決まりのパターン〉という言葉を使った。

これは本シリーズのとても重要な要素である。なぜなら本シリーズの魅力は、〈お決まりのパターンが生み出す安心感〉と〈新たな展開がもたらす刺戟《しげき》〉のふたつでできているのだから。

ひとつずつ見ていこう。まずはお決まりのパターンについて。例外はあるものの、ここまでの作品のほとんどが同じ構造を持っている。

まず須藤が登庁する。そこに臨場要請が来る。大抵は捜査一課の石松からの持ち込みだ。須藤は薄のいる警察博物館に出かけ、受付係と挨拶を交わしたあとで薄の部屋へ。そこで必ず、薄がそのとき世話をしている動物との一騒動がある。タクシーに乗れば運転手からコスプレだの同伴出勤だのと勘違いされる。現場では捜査畑ではないということで見下されたり邪魔にされたり。けれど動物にまつわる知識で一発逆転、事件は解決——。

もはや様式美と言っていいくらい、毎回このパターンをなぞっている。コナン君が毛利小五郎を眠らせたら謎解きが始まるのに匹敵するくらいの定番展開である。これが心地いい。〈お馴染みの世界〉がかもしだす安心感たるや。

特に、様式美の中の様式美と言えるのが、薄の部屋を須藤が訪れる場面だ。ドアの前まで来ると、中で薄が動物の名前を呼ぶ声が聞こえる。それがいつも珍妙な名前で、今度はいったい何がいるんだ！　となるわけだが、ここでその名前に注目。

たとえば本書の第一話「ピラニアを愛した容疑者」では、サソリンガ、サソリガドラス、アンタレスだ。実はこれらはそれぞれ特撮ドラマ「シルバー仮面」「ウルトラマンvs仮面ライダー」「ウルトラマンレオ」に登場した怪獣の名前なのである。これまでの三冊でも、同じ場面にはすべて特撮ものの怪獣や宇宙人の名前が使われているので、お好きな方は、ぜひ遡《さかのぼ》って確認してみていただきたい。

第二話で薄が呼ぶ名前はカノウジョージ。これは怪獣ではなく、一九七〇年代に人気を博した漫画「ドーベルマン刑事《デカ》」の主人公の名前だ。須藤はこの名前を聞いただけで中にいるのはドーベルマンだとわかってしまうわけで（同行した若い刑事はわからない）、須藤、若い頃マンガ読んでたんだな、というところまで読者に想像させてしまうのである。まあ、それでいけば薄はかなりの怪獣マニアなわけだが、怪獣好きなのは薄ではなく著者のほうであることは有名な話。実に細かいところで遊んでいる。

ついでに、名前ネタでもうひとつ。本書に登場するクジャクにはかなりキテレツな名前がついているが、これは著者が本編を書くに当たって取材した京都大学クジャク同好会で飼育されているクジャクの名前をそのまま使ったものである。クジャクの喪中ハガキも実在するし、長い名前のほうのクジャクはツイッターアカウントも持っている。

でも、あまりにワンパターンになるとマンネリ化するのでは？　いやいや、その心配はまったく必要ない。お決まりのパターンを続けながら、実はその中で本シリーズには一冊ごとにちゃんと趣向が用意されているのだから。それが本書のもうひとつの魅力、〈新たな展開がもたらす刺戟〉である。

たとえば第二巻『蜂に魅かれた容疑者』はシリーズ唯一の長編だ。第三巻『ペンギンを愛した容疑者』では薄に南極観測の調査チームから引き抜きの話が来る。須藤がケガの後遺症で倒れてしまう場面もあった。

そして本書では、いきもの係になんと新メンバーが加わる。須藤と薄のタッグから、チームへと変貌を遂げるのだ。この新人が運転手を務めるため、以降お馴染みのタクシーでのコントはなくなったが、それを補って余りある〈新しいパターン〉の誕生である。

そうそう、本書では薄の立ち回りというか、物理攻撃が初めて登場する。ひとつめはまだしも、ふたつめのは警官として、いや、人としてアウトなやつじゃないのか……。

また本書では、第一話と第二話でこれまでにないエンディングになっていることに注目。大団円的エンディングが多かった本シリーズにおいて、この二話は「刑事コロンボ」さながらに犯人対須藤&薄の対決で終わるのだ。これが実に切れ味のいい、と同時に深く余韻の残る仕上がりになっていることに驚かされた。これもまた新たな挑戦だ。

そういった個別の展開だけではない。巻を重ねるごとの変化もある。

たとえば須藤と薄の会話である。薄は能力の高い専門職であるとともに激しい天然ボケ娘であり、特に日本語の聞き間違いと勘違いのレベルは超弩級《どきゅう》だ。それが須藤との漫才のような会話を生み、それもまた〈お決まりのパターン〉となっている。しかし薄の日本語ボケは第一巻ではせいぜい一話に一、二度だった。第二巻で少し増え、第三巻で一気に炸裂した。そしてそれに対する須藤は、最初は普通に訂正したり怒ったりしていたのが、次第に何をどう聞き間違えたのか即座に判断してツッコむようになり、ついに本書ではボケを重ねていくという境地にまで到達してしまった。ツッコミ不在である。誰か助けて。

だが同時に、いつの間にか須藤と薄が阿吽《あうん》の呼吸で動けるようになっていることにも気づかれたい。以心伝心の場面が本書にはいくつかある。こういった変化も読みどころだ。

また、ファンには嬉しい趣向も進行している。須藤に事件を持ち込む捜査一課の石松和夫が、著者の別作品〈福家《ふくいえ》警部補〉シリーズ（東京創元社）の登場人物であることは、すでにご承知の方も多いだろう。つまり、このふたつのシリーズは同じ世界の話なのだ。これまでの各巻すべてで、石松と須藤の会話のなかに「あの女警部補」という言葉が一度は登場している。もちろん福家のことである。

第三巻『ペンギンを愛した容疑者』の表題作に、「ペットショップの事件では、うちの者が世話になった」「被害者宅にいた犬は、新しい飼い主のところで元気にしている。そう、あの女警部補殿に伝えておいてくれ」という石松と須藤の会話がある。これは『福家警部補の追及』（東京創元社）所収の中編「幸福の代償」のこと。ブリーダーが殺された事件で、犬の面倒をみるために須藤が臨場し、捜査担当の福家と会話をかわすのである。未読の方は要チェックだ。

この二シリーズのコラボは、刊行されたばかりのシリーズ第五弾『アロワナを愛した容疑者』にも用意されている。ある事件について福家が須藤にコンタクトをとってくるので、どうか楽しみに待たれたい。大倉崇裕自身がこのコラボについては意欲的なので、この先さらなるクロスオーバーがあるかも。

クロスオーバーといえば、『アロワナを愛した容疑者』では、ある登場人物の名前がドラマから逆輸入されているので、ぜひ探してみてほしい。また、第二巻で須藤と対決した宗教団体〈ギヤマンの鐘《かね》〉が再び暗躍する。こういった巻を跨《また》ぐストーリーの流れも楽しみのひとつだ。

安心して読める〈お決まりのパターン〉と、進化し続ける〈新たな展開〉。この両輪がある限り、警視庁いきもの係は無敵だ。動物の種類はざっと一四〇万種、細菌や植物を含めた全生物になると一〇〇〇万種以上あるという。その種が尽きるまで、著者には本シリーズを続けていっていただきたい。

この作品は、二〇一七年六月に小社より単行本として刊行されたものです。

|著者|大倉崇裕　1968年生まれ、京都府出身。学習院大学法学部卒業。'97年、『三人目の幽霊』で第４回創元推理短編賞佳作。'98年、『ツール＆ストール』（文庫化にあたり『白戸修の事件簿』に改題）で第20回小説推理新人賞を受賞。2017年には、本書を含む「警視庁いきもの係」シリーズが連続テレビドラマに。また、劇場アニメ「名探偵コナン　から紅《くれない》の恋歌《ラブレター》」「名探偵コナン　紺青《こんじょう》の拳《フィスト》」の脚本を担当し、ともに大ヒットとなる。

クジャクを愛《あい》した容疑者《ようぎしゃ》　警視庁《けいしちょう》いきもの係《がかり》

大倉崇裕《おおくらたかひろ》

講談社文庫

定価はカバーに
表示してあります

2019年６月13日第１刷発行

発行者──渡瀬昌彦
発行所──株式会社　講談社
東京都文京区音羽2-12-21　〒112-8001
電話　出版（03）5395-3510
　　　販売（03）5395-5817
　　　業務（03）5395-3615

デザイン─菊地信義
本文データ制作─講談社デジタル製作
印刷───豊国印刷株式会社
製本───株式会社国宝社

Printed in Japan

ISBN978-4-06-515642-1

講談社文庫刊行の辞

二十一世紀の到来を目睫に望みながら、われわれはいま、人類史上かつて例を見ない巨大な転換期をむかえようとしている。

世界も、日本も、激動の予兆に対する期待とおののきを内に蔵して、未知の時代に歩み入ろうとしている。このときにあたり、創業の人野間清治の「ナショナル・エデュケイター」への志を現代に甦らせようと意図して、われわれはここに古今の文芸作品はいうまでもなく、ひろく人文・社会・自然の諸科学から東西の名著を網羅する、新しい綜合文庫の発刊を決意した。

激動の転換期はまた断絶の時代である。われわれは戦後二十五年間の出版文化のありかたへの深い反省をこめて、この断絶の時代にあえて人間的な持続を求めようとする。いたずらに浮薄な商業主義のあだ花を追い求めることなく、長期にわたって良書に生命をあたえようとつとめるところにしか、今後の出版文化の真の繁栄はあり得ないと信じるからである。

同時にわれわれはこの綜合文庫の刊行を通じて、人文・社会・自然の諸科学が、結局人間の学にほかならないことを立証しようと願っている。かつて知識とは、「汝自身を知る」ことにつきていた。現代社会の瑣末な情報の氾濫のなかから、力強い知識の源泉を掘り起し、技術文明のただなかに、生きた人間の姿を復活させること。それこそわれわれの切なる希求である。

われわれは権威に盲従せず、俗流に媚びることなく、渾然一体となって日本の「草の根」をかたちづくる若く新しい世代の人々に、心をこめてこの新しい綜合文庫をおくり届けたい。それは知識の泉であるとともに感受性のふるさとであり、もっとも有機的に組織され、社会に開かれた万人のための大学をめざしている。大方の支援と協力を衷心より切望してやまない。

一九七一年七月

野間省一